瘋狂樹屋52層

潛入蔬菜王國大冒險

安迪‧格里菲斯 Andy Griffiths 著

泰瑞‧丹頓 Terry Denton 繪

廖綉玉 譯

目次

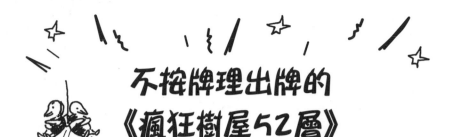

不按牌理出牌的《瘋狂樹屋52層》

◎ 陳櫻慧（童書作家暨親子共讀推廣講師／思多力親子成長團隊暨網站召集人）

好吧，我得承認，瘋狂樹屋真的是滿瘋狂的！

從第十三層開始建造，到二十六層、三十九層，這次再往上加蓋變成五十二樓，大概是我見過最荒誕的主意了！可以盡情使力的砸西瓜室、危險刺激的電鋸雜耍、搖搖馬賽車場、真實的蛇梯棋……看到這裡，我已經全身起雞皮疙瘩！沒有太多的文字敘述，卻從打開書頁的那句「嗨，我叫安迪」，我就想和安迪打招呼，隨著他的介紹，我走進這一點都不普通的樹屋。而且，安迪呼喚著「你還等什麼？快上來啊！」看吧，我能不上去嗎？作者的敘述充滿引「人」入室的魅力，每一段文字都像強力的磁鐵，我被吸引著爬上畫面裡的樓梯，幾隻樓梯旁的企鵝好像在告訴我，這裡有好多神祕與趣味……然後，我就進來了。

文字的邏輯章法完全在我腦袋之外，卻忍不住驚喜大叫。在電鋸雜耍區被切了耳朵的泰瑞、切斷鼻子的安迪，還有真實版蛇棋被吞進蛇肚的身歷其境，這些不見血的瘋狂想法，實在讓人忍不住捏一把冷汗，更嘖嘖稱奇！當然，「忍者蝸牛」被賦予的訓練及期待，這種挑戰現實理解的角色安排，其實對作者是絕大的考驗。說是考驗，更確切的說，應該是假設如果我是作者，絕對會是個考驗！但對這本書的作者來說，根本就是潛在他血液裡不按常理出牌的天生調皮，就像許多看似令大人頭痛的孩子，骨子裡的創意總有出乎意料的驚喜一樣。

　　介紹完新增的瘋狂十三層，故事從安迪的生日開始。顯然的，泰瑞必須忘記好友生日，故事才能進一步展開絕妙的情節發展。編輯大鼻子先生的失蹤、沉睡的吉兒，都讓劇情產生詭譎與神祕。主角探尋真相的過程中，特地安排神奇的毛毛蟲相伴，我指的神奇是，牠居然能吃掉荷包蛋！如此一來，對於牠接續吃掉蒸汽壓路機、犀牛……自然也就不再覺得太奇怪了。於是，他們順利克服許多障礙，完成偵探冒險之路。有趣的是，作者選擇了孩子最討厭的蔬菜做為冒險的主題，這大概是整本內容看起來最

「正常」的部分了，在蔬菜王國裡過關斬將，將內心對蔬菜的討厭，同理的以擬人方式表現出來，沒錯！這些蔬菜的確就像現實一樣不太討人喜歡，也因此更有了「吃掉它」的理由，看完這本書，蔬菜派迪會告訴你：「吃掉你的蔬菜吧！」

　　探險進入返家的尾聲，到底泰瑞有沒有記起安迪的生日？原來，就算不記得也通常有背後的故事與理由。每個人成長的獨特性造成對同一件事有不同的解讀與認知，在準備誤解別人的同時，若能想到這一層面，就更可以寬容接納每個人的差異，不是嗎？整個故事過程緊張逗趣，更做到前後呼應、環環相扣的謹慎，不論是毛毛蟲最後變成蝴蝶；或就算泰瑞不記得生日，也有吉兒記得，貼心準備生日派對的溫暖；而訓練已久的忍者蝸牛，也終有派上用場的時候，利用時間的暫停，完成截稿日交稿的重責大任，來做為故事的圓滿結局。

　　好吧，我得承認，我開始期待《瘋狂樹屋六十五層》的出現了。

讀完這本書後
快去找出你家的隱藏版樹屋！

◎ 羅怡君（親職溝通作家）

　　這是一本解讀孩子心靈世界的武功祕笈，我竟然到五十二層時才發現。

　　事情是這樣的：當我翻到第五十六頁時，上面寫著「如果有頭戴內褲日，那天會是這副模樣。」什麼！頭戴內褲？這不就是我家孩子前幾個月才做過的事嗎？再翻下去，等等！「自動裝扮室」這點子，在她扮家家酒時好像聽過！

　　《瘋狂樹屋52層》的蔬菜王國大冒險其實不只是冒險，更映照出孩子的內心世界，那些可惡的蔬菜老是引起家裡的世界大戰，誰不想跟書中的蔬菜派迪一樣，痛快的想出二十種又切又剁又做串的方法大復仇？

還記得「使盡吃奶的力氣」這句俗話的由來嗎？其實光是好好長大也不是件容易的事。孩子的想像力不只是展現創意的方式而已，想像力對他們來說是「現實的解藥」，這股能量幫助孩子釋放面對挫折的潛在壓力，用無所不能的各種方式平撫情緒、安定心情，就像超人永遠不會死、壞人不能有生日的道理一樣，維護小小心靈裡的正義世界。

　　也因此，樹屋系列與其他讀本最大的不同，在於書裡不嘗試夾帶任何知識性的訊息、不置入說教理念，完全「站在孩子那邊」。作者與繪者就像是兩位大小孩一般，專心的為孩子打造一個安全放鬆的小天地，暫時放下理性學習的那一面，在書裡頭又叫又跳又鬧、滿嘴胡說八道，只要純粹當個孩子就好！

　　或許瘋狂樹屋對孩子來說根本一點都不瘋狂，無聊的大人才會覺得瘋狂吧！還記得我的孩子翻讀時，常常一表正經的喃喃自語：「我以為只有我會這麼想，原來安迪也是這樣。」當這些平日同儕間的對話躍然紙上，彷彿孩子又多交了兩個好朋友，放學後也能隨時隨地陪伴自己，取代大人的嘮叨安排，延續腦袋裡永不停歇的遊戲時光。

在成長路上，若我們也想營造與孩子的親密關係，一同陪伴孩子成長，那麼「瘋狂樹屋」系列也可以是父母的啟蒙練習書：學習著放下大人的思考邏輯、學習著不帶批判評價、學習著「無所為而為」的生活片刻，能和孩子一起享受遊戲，才能真正進入孩子的內心世界。

對了，偷偷分享瘋狂樹屋的「隱藏版使用方法」，就是鼓勵孩子邊讀邊畫邊寫，乾脆把這本書當成塗鴉本，說不定你會發現孩子們重要的「真心話（畫）」喔。

女兒創作 —— 我的第 60 層瘋狂遊樂場（七歲）

第 1 章

瘋狂樹屋五十二層

嗨，我叫安迪。

這是我朋友泰瑞。

我們住在樹上。

噢，當我說「樹上」，

指的是樹屋。

我說的「樹屋」可不是普通樹屋

——是**五十二層瘋狂樹屋**！

（以前是三十九層瘋狂樹屋，不過我們又加蓋了十三層。）

你還等什麼？

快上來啊！

我們增加了砸西瓜室

電鋸雜耍區

自製披薩屋

披薩生麵糰

風力超強的巨型吹風機，會直接吹光你的頭髮

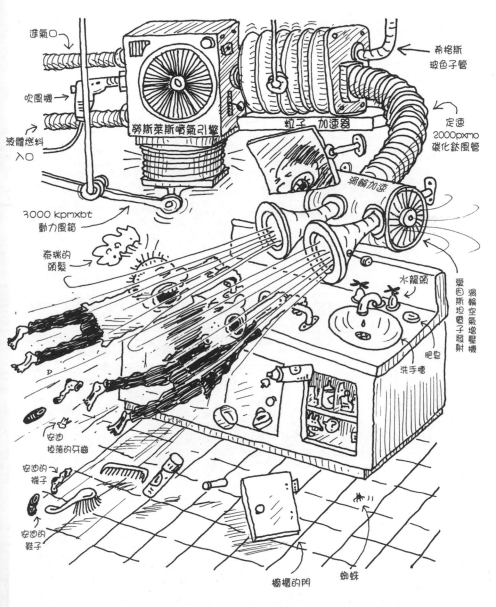

進氣口

希格斯
玻色子管

吹風機→

液體燃料
入口

勞斯萊斯噴氣引擎

粒子 加速器

定速
2000pxmo
碳化鈦風管

渦輪加速

3000 kpmxbt
動力風箱

泰瑞的
頭髮

水龍頭

渦輪空氣增壓機

愛因斯坦電子發射

肥皂

洗手檯

安迪
掉落的牙齒

安迪的
襪子

安迪的
鞋子

櫥櫃的門

蜘蛛

搖搖馬賽馬場

26

鬼屋

海浪製造機

真實尺寸的蛇梯棋，真正的樓梯與活生生的蛇！

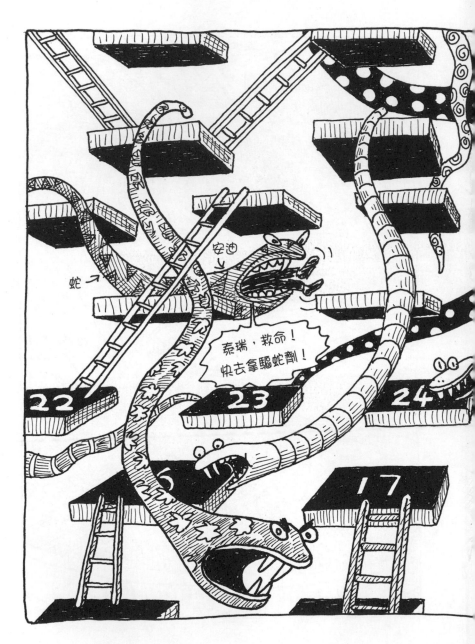

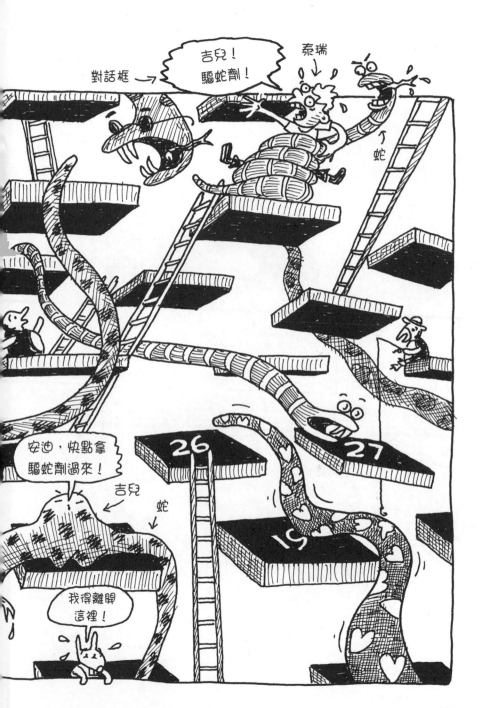

全年無休、每星期不打烊、
不間斷上演的《潘趣與茱迪》木偶戲

幫助我們回想已遺忘之事的記憶亭

33

忍者蝸牛訓練學院（這是泰瑞的主意，不是我的點子）

高科技偵探室，這裡具備所有最新的高科技偵探技術。
例如：一整組的放大鏡，其中一支很小，你得用另一支放
大鏡才看得到它，還有熱甜甜圈自動販賣機……

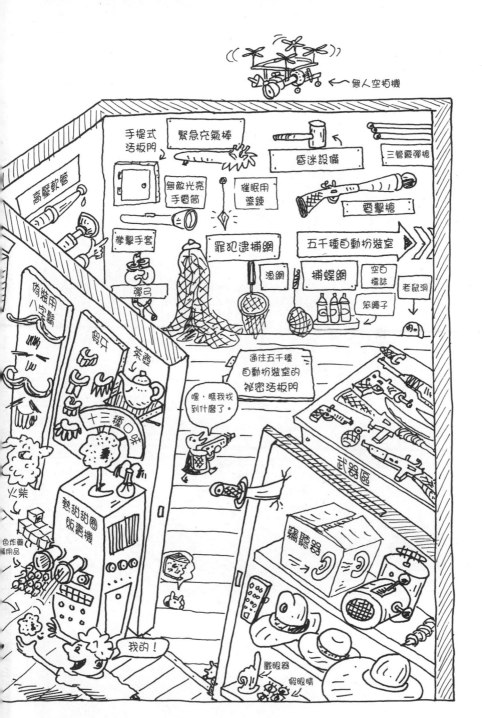

37

擁有各種場合打扮的五千種自動扮裝室

樹屋不但是我們的家，也是我們一起合作寫書的地方。
我寫故事，泰瑞畫插圖。

就像你看到的，我們已經合作好一陣子了。

當然啦，樹屋的生活並非總是輕鬆，

可以確定的是……

這種生活永不枯燥！

第 2 章

大鼻子先生失蹤之謎

我的生日

　　如果你跟我們大多數的讀者一樣，你可能會想知道我們到底幾歲。哈，這真是太有趣了，因為今天正是我的生日！我迫不及待想看看泰瑞為我準備的超棒驚喜。

他可能正在廚房為我烤蛋糕。

　　等一下……我就在廚房裡……這裡沒有烘烤中的蛋
糕。

　　嗯，他知道我熱愛電鋸雜耍，或許他打算在電鋸雜耍
區幫我舉辦驚喜派對！

不。電鋸雜耍區有數把電鋸、一些鮮血和幾根手指，卻沒有泰瑞的蹤影，更糟的是，這裡沒有派對！

或許他計畫辦一場自製披薩派對……

我爬上自製披薩屋，假裝不知道泰瑞在等我……猜猜看結果如何？

他沒在等我！

好，我想我知道這是怎麼一回事。我敢說泰瑞徹底忘了我的生日，現在他一定在愚蠢的忍者蝸牛訓練學院！最近他總是待在那裡，試著訓練一群蠢蝸牛成為忍者。（當然，大家都知道這完全不可能！）

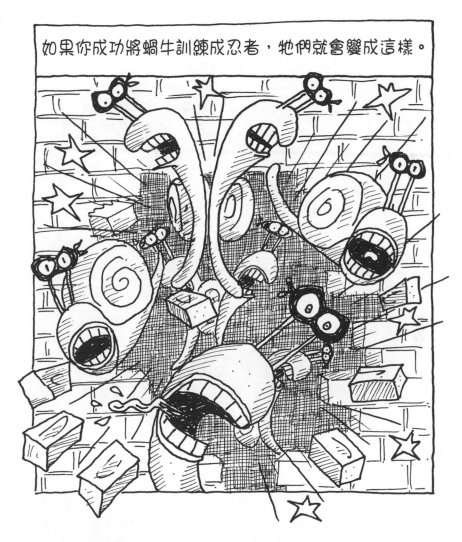

如果你成功將蝸牛訓練成忍者，牠們就會變成這樣。

我往上爬到忍者蝸牛訓練學院，他果然在這裡。

「噢，嗨，安迪！」泰瑞說，「我在訓練忍者蝸牛。
你瞧瞧！」

「攻擊！」

「飛翔！」

「使用超級忍者隱形術！」

「發射忍者蝸牛的星形飛鏢！」

「噴出忍者誘敵火焰！」

「解答忍者填字遊戲！」

「泰瑞，」我説，「他們什麼事都沒做。」

「不，他們有，」泰瑞説，「只是做得非常慢！他們太慢了，所以你看不出來。」

「這完全是浪費時間！」我説，「尤其當你有更重要的事情可以做的時候。」

「什麼事比訓練蝸牛成為忍者更重要？」泰瑞問。

「嗯，讓我想想，」我説，「何不回想看看，哪天是重要的日子？比方説，今天！」

「今天有什麼特別的嗎？」泰瑞問。

「這就是我要你告訴我的事。」我說。

泰瑞想了一會兒，接著說：「今天是換內褲日？」

「每天都是換內褲日！」我說。

「今天是洗內褲日？」泰瑞問。

「不是！」

「今天是頭戴內褲日？」泰瑞繼續問道。

「沒有這種日子！」

「對，我知道。」泰瑞咯咯笑著說，「如果有的話，不是很好玩嗎？」

「不，才不好玩，」我説，「很噁心！你最好去記憶亭，回想今天是什麼日子。」

「我的忍者蝸牛怎麼辦？」泰瑞説。

「別管它們了，」我説，「我敢説你回來的時候，牠們還在這裡……搞不好還待在原地。」

「對，因為我會叫牠們別動。」泰瑞轉向蝸牛，「別動！」

蝸牛動也不動。

「看吧，」泰瑞自豪的説，「你還説蝸牛訓練不了。」

我們前往記憶亭。

泰瑞坐下來，我拉下他頭上的記憶圓錐罩，鎖住固定。

「好了，」我說，「準備就緒，現在你可以開始回想了。」

泰瑞的臉龐浮現朦朧恍惚的表情。

「你記得我們來到記憶亭，試著回想今天有什麼特別之處嗎？」他說完，我們爬上記憶亭的畫面出現在螢幕上。

「我怎麼可能忘記？」我說，「那只是一分鐘前發生的事！」

幫助回想的氣味

「等一下，我想起另一件事了！」泰瑞説，「你記得有一次，我們將海浪製造機調到最強比賽衝浪，結果你輸了，我贏了嗎？」

「不，我完全不記得。」我説。

「不意外，」泰瑞説，「當時你的頭狠狠撞上岩石。瞧！」

我朝他揮舞拳頭：「如果你不開始回想現在應該回想的事，我就立刻狠狠揍你的頭。」

泰瑞持續回想，他說：「你記得那次鬼屋的幽靈跑出來，出現在我們的廁所嗎？」

　　「別提醒我，」我說，「真是太恐怖了。那時我得上廁所，卻因為裡面有鬼而無法上！」

「有次我的嘴巴罩住巨大吹風機，於是我的頭變得超級大，你還記得嗎？」泰瑞說。

「你在開玩笑嗎？」我說，「那是有史以來最有趣的一天，尤其是我拿大頭針『砰』的一聲戳破你的時候。」

「安迪？」泰瑞説，「我剛剛想起另一件事。」

「那件事跟我有關嗎？」

「對！」

「嗯，哪件事？」我説。

「我好像想起來了，我發誓要報復你拿大頭針戳破我的頭的事。」

「現在別管那件事了，」我説，「你想起跟我有關的任何事嗎？任何事？」

「我想起來了，」泰瑞說，「這件事也非常重要。」

「終於！泰瑞，做得好。」我說，「你想起了什麼？」

「我們應該要寫書，」他說，「隨時都可能截稿。」

糟了。

泰瑞說得完全正確。

我們應該要寫書，隨時都可能截稿！

「大鼻子先生還沒打電話來提醒我們，真奇怪。」我
說。

「對啊，」泰瑞說，「現在我們已經來到六十六頁，
通常他在四十多頁左右就會打電話給我們了。」

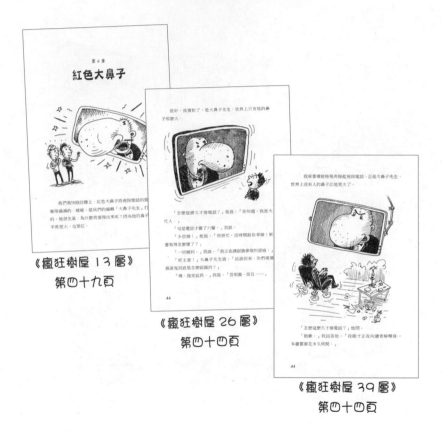

《瘋狂樹屋13層》
第四十九頁

《瘋狂樹屋26層》
第四十四頁

《瘋狂樹屋39層》
第四十四頁

「或許我們最好打電話給他，」我說，「提醒他打電
話提醒我們截稿日期，否則我們永遠無法及時完成。」

「好主意。」泰瑞說。

我們來到 3D 立體視訊電話前頭，打電話給大鼻子先生。

螢幕上出現他的辦公室，卻不見他的蹤影。

我們只看到翻倒的椅子與壞掉的獎杯，書本散落一地，四處都是看起來像蔬菜葉子的東西。

「哇，他的辦公室真髒亂。」泰瑞説。

「這可不是普通的混亂，」我説，「在偵探界，這稱之為打鬥的跡象。」

「哪種打鬥？」泰瑞問。

「這就是我們必須查清楚的事。」我説。

「太好了！」泰瑞說，「我們有個待解的謎團！天大的謎團！大鼻子先生失蹤之謎。」

「我們最好快去高科技偵探室，立刻用高科技偵查一下。」我說。

「我該帶忍者蝸牛一起去嗎？」泰瑞說。

「不必，」我說，「牠們只會拖慢我們的速度。」

「牠們是忍者耶！」泰瑞說。

「牠們也是蝸牛。」我說，「快點，不能浪費時間。」

第 3 章

安迪與泰瑞的
高科技偵探室

我不知道你有沒有一間高科技偵探室，如果有的話，
你可能就會明白進入偵探室需要花很長的時間，因為外頭
設有各種高科技安全措施。我說的可不只是無聊又過時的
腳丫大拇趾辨識安全措施。

我指的是大腳趾、中腳趾、小腳趾、整隻腳、小腿、大腿、左臀部、右臀部、下背部、中背部、上背部、胸部、手臂、脖子和頭部的辨識安全措施……

更別提毛髮分析、

血液檢驗、

視網膜掃描、

跳舞比賽、

非常困難的安迪與泰瑞冷知識測驗！

等到終於進入高科技偵探室，我們都餓壞了。

「我們吃個甜甜圈吧。」泰瑞說。

「好主意！」我說，「偵探都要吃熱果醬甜甜圈才解得開謎團。」

我們吃了甜甜圈，然後思索……

思索……

再思索……

繼續思索……

「好吧？你有什麼看法？」我說。

「我想再吃個甜甜圈。」泰瑞說。

「我也是！」我說。

我們再吃了兩個甜甜圈，繼續思索……

思索……

再思索……

繼續思索……

「好吧？你有什麼看法？」我問。

「關於什麼？」泰瑞說。

「關於如何解開大鼻子先生失蹤之謎。」我說。

「問倒我了，」泰瑞聳肩，「我沒有線索。」

「沒錯！」我說，「你沒有線索，我也沒有線索，我們都沒有線索！我們要有線索才解得開謎團！」

「我們要從哪裡得到線索？」泰瑞問。

「當然是從犯罪現場！」我說，「我們得前往大鼻子先生的辦公室。」

「太棒了！」泰瑞說，「我們搭飛天紅菜頭去吧。」

「不行，」我說，「它們在大約一個星期前消失了。」

「這是另一個謎團，」泰瑞皺眉，「飛天紅菜頭消失之謎。」

「對，」我說，「但我們得先解開大鼻子先生失蹤之謎。我們搭荷包蛋飛車前往他的辦公室吧。」

「沒問題，我要選一套適合的裝扮。」泰瑞説。

「好，」我説，「但動作快一點，我們都不希望線索消失。」

「當然，安迪。」泰瑞説完，走向五千種自動扮裝室。

我爬進荷包蛋飛車時，有人輕輕拍我的肩膀。我轉過身，看見一名老先生。

「您是哪位？」我問。

「你不認得最要好的朋友了？」老先生咯咯笑道，「是我，我是泰瑞，這是我的喬裝！」

「泰瑞!別鬧了,這件事很嚴肅!泰瑞?泰瑞?」我說。

他又消失了,原來的位置出現黏糊糊的肥大河馬蛙。

嗯!我痛恨河馬蛙!

「滾開!」我大吼,「你沒看過我們的上一本書嗎?樹屋是無河馬蛙區!」

「放輕鬆,」泰瑞脫下河馬蛙裝說,「又是我。」

我走上前想掐住他，發現自己緊抓的是金屬柱子，而不是他的脖子。我抬頭看，這是停車標誌。

「泰瑞，你在哪裡？」我大喊。

「就在這裡。」停車標誌開口。泰瑞脫掉裝扮，笑了出來，「你上當了！」

「別再做這種事！」我説。

「別再做什麼事？」他説。

「別再扮成停車標誌，別再玩五千種自動扮裝室，它是高科技偵探工具，不是玩具！」

「抱歉，」他説，「但一旦開始玩，就很難停下來，你懂嗎？」

「懂。」

「那麼，你為什麼不笑？」

「因為這不好笑。」

「不，很好笑。」

「不，不好笑。」

「不，很好笑。」

「別再説『不，很好笑』了，」我説，「一點都不好笑！」

「不，很好笑。」泰瑞堅持，「我扮成停車標誌，你叫我別再扮成停車標誌，然後……」

「泰瑞，」我説，「很抱歉我得這麼做。」

「做什麼？」他説。

「這個。」我用放大鏡迅速用力的敲了他的頭。

「謝啦，這正是我需要的。」泰瑞說。

「不客氣，」我說，「這是朋友該做的。快點！快前往荷包蛋飛車！」

我們跳進飛車，拉下蛋黃，讓它緊緊罩在我們上方。

我按下控制面板上的「特熱」……

從偵探室頂部的荷包蛋飛車隱藏天窗起飛。

那一天，我們乘著荷包蛋飛車前往大鼻子先生辦公室。誰也不知道我們在裡面，因為他們都以為這只是顆飛行荷包蛋。

91

我們飛進大鼻子先生的窗戶，將飛車停在書櫃旁。

泰瑞拿出兩支最大的放大鏡，開始尋找線索。

「嗯，非常有趣。」他說。

「我看見一支放大鏡……」

「我看到拿著放大鏡的一隻手……」

「我看見拿著放大鏡的手相連的手臂……」

「嗯……安迪，這是明確的線索，非常明確的線索！」
「對，你確實是笨蛋的明確線索！」我說。

「嗯，我注意到你根本沒在偵查。」泰瑞透過第二大的放大鏡凝視我。

「給我。」我奪過他手上的放大鏡。

我仔細檢視辦公室。

大鼻子先生辦公桌旁的地上有一本書，我撿起那本書，仔細檢視。

「那是什麼？」泰瑞説

「似乎是一本關於蔬菜的書。」

「蔬菜？嗯！我痛恨蔬菜！」泰瑞説。

「我知道，我也是。但我們得看看這本書，它或許是線索。」我説。

第4章

蔬菜好好玩

大鼻子
出版社

蔬菜派迪 著

謹獻給我親愛的父母 ——
他們遭到壓扁卻未被遺忘。

嗨，蔬菜派迪在此。大家都知道蔬菜戰爭是嚴肅的事，
但不代表這件事不可能變得有趣。不相信我？
嗯，讀一讀我的書吧！

水煮蔬菜！

火烤蔬菜！

加入鹽與油！

咬碎蔬菜！

咬碎蔬菜！

擊倒蔬菜！

抓住蔬菜！

戳刺蔬菜！

做成烤蔬菜串！

投擲蔬菜！

割掉蔬菜！

用跆拳道對付蔬菜！

踢蔬菜！

彈蔬菜！

用彈跳器對付蔬菜！

搗碎蔬菜！

砸爛蔬菜！

鞭打蔬菜！

重擊蔬菜！

掌摑蔬菜！

把蔬菜裝進夾鍊袋！

壓碎蔬菜！

碾爛蔬菜！

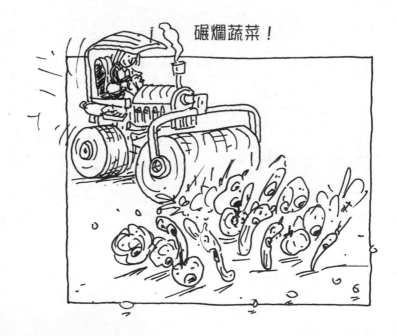

水淹蔬菜再沖掉！

逃跑的
球芽甘藍

「安迪，夠了，」泰瑞雙手遮住眼睛，「我再也受不了，
這本書太暴力了！我從沒想過自己會說這句話，但我真的
很同情那些可憐的蔬菜……」

　　「我也是，」我說，「這感覺好怪，竟然同情自己非常討厭的東西。」

　　「我明白，」泰瑞說，「這本書的作者一定比我們更痛恨蔬菜。」

「說得真好，值得再說一次。」我說。

「這本書的作者一定比我們更痛恨蔬菜。」他說。

「泰瑞！」我說，「我不是要你『真的』再說一次，但我很高興你這麼做了。」

「為什麼？」

「因為你說得對，這本書的作者一定比我們更痛恨蔬菜！」

第 5 章

沉睡的吉兒

「所以你認為這本書是線索？」泰瑞說，「它與大鼻子先生的失蹤有關嗎？」

「或許吧，」我說，「它是大鼻子先生出版的書，但這仍未解釋他的下落，我們得繼續尋找。」

泰瑞拿起放大鏡繼續調查。

「看看這隻筆！」他說，「它好大！」

「瞧瞧這座獎杯，它很龐大！」

「看看這枚迴紋針！它也太巨大了！」

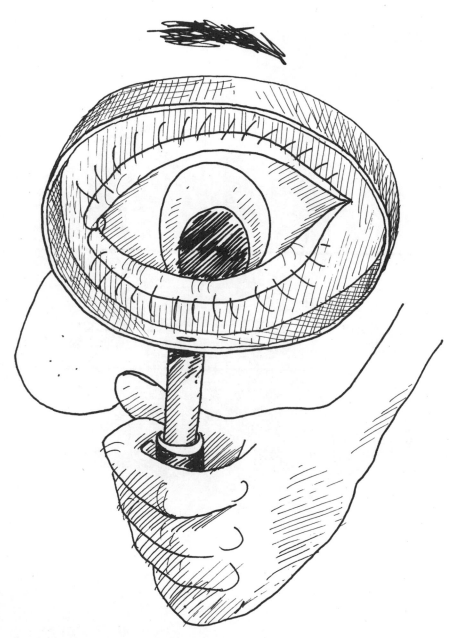

「呃，泰瑞？」我說。

泰瑞轉身面對我，他仍拿著放大鏡猛瞧。「哎呀！」
他說，「你也很高大！」

「不，我不高大，」我說，「迴紋針也不巨大⋯⋯你
只是用最大的放大鏡看所有的東西而已！」

「啊哈！」泰瑞說，「另一個謎團解開了！」

「對，」我說，「但不是正確的那個。我們應該解開的是大鼻子先生失蹤之謎，而不是為何一切看起來都很巨大之謎。」

「喔，對，」泰瑞說，「說得好。」

泰瑞凝視大鼻子先生辦公桌上的巨大萵苣葉。「快看這隻毛毛蟲，」他說，「我覺得牠可能是線索。牠在發抖，似乎很害怕……無論大鼻子先生發生什麼事，這可憐的傢伙一定目睹了整個過程。」

　　「要是毛毛蟲會說話就好了。」我說。

　　「牠們會啊，」泰瑞說，「只是我們聽不懂而已。」

「如果我們認識聽得懂毛毛蟲説話的人就好了。」我
説。

「像是吉兒。」泰瑞説。

「正是吉兒。」我説。

「嘿，我知道了！」泰瑞説，「我們何不讓吉兒跟這
隻毛毛蟲説話？」

「不，我有更棒的主意，」我説，「我們何不讓這隻
毛毛蟲跟吉兒説話？」

「那不就跟我的點子一模一樣。」泰瑞説。

「大概吧，」我說，「但我的點子比較棒。我們得帶毛毛蟲去找吉兒，牠才能告訴她大鼻子先生發生的事，我們才找得到他，提醒他要提醒我們截稿日期，如此一來我們才可以完成這本書！」

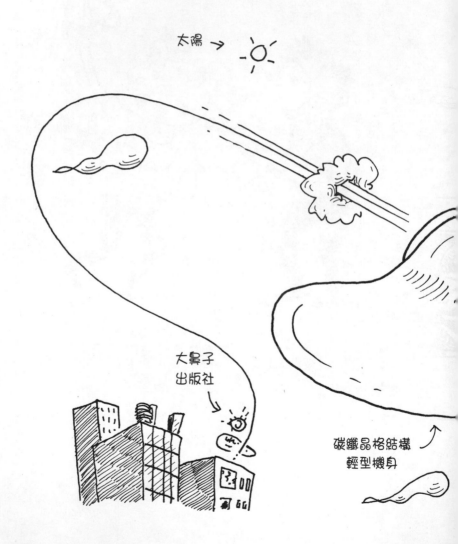

太陽 →

大鼻子
出版社

碳纖晶格結構
輕型機身

「聽起來很複雜。」泰瑞說

「一點也不會，」我說，「親愛的泰瑞，這很簡單。快搭上荷包蛋飛車！飛吧，飛吧，飛遠一點！」

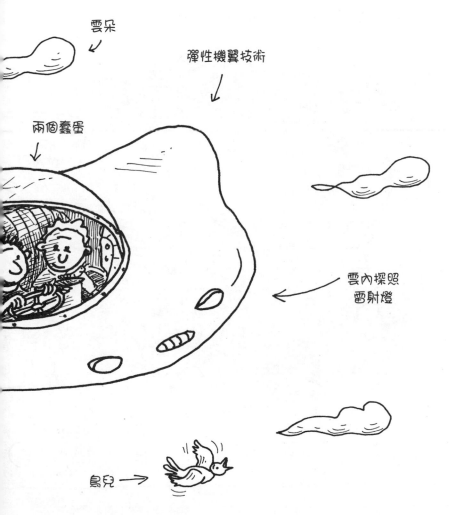

雲朵

彈性機翼技術

兩個蠢蛋

雲內探照雷射燈

鳥兒 →

那一天，我們乘著荷包蛋飛車前往吉兒的家。誰也不知道我們在裡面，因為他們都以為這只是顆飛行荷包蛋。

129

我們降落在吉兒家外頭……至少，是我們認為的吉兒家外面。我們很難找到她家的正確位置，因為她的花園雜草叢生。

「哇！」泰瑞說，「吉兒真的放任她的花園自由生長耶。」

「是啊，」我說，「我甚至不知道我們要怎麼進去。」

「我甚至不知道她怎麼出得來。」泰瑞説。

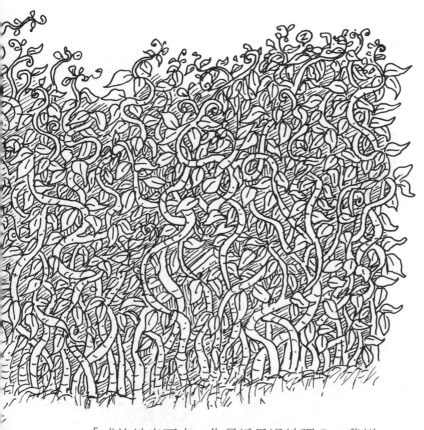

「或許她出不來。你最近見過她嗎？」我説。

「沒有，你呢？」泰瑞説。

「現在我才忽然想來，我們已經好一陣子沒看到她了。」

我們最近沒見到吉兒的時刻

「看起來我們又有一個待解開的謎團！」我説，「為何我們最近沒看到吉兒之謎。」

　　「太好了！我剛好帶了我們需要的解謎工具。」泰瑞説。

　　他伸手探進包包，拿出兩套獵裝和兩把鋒利的大砍刀，遞給了我。

　　「泰瑞，謝謝！」我説。

　　「別謝我，」他説，「感謝五千種自動扮裝室吧，我們離開前，我抓了一袋隨身包。」

我們換上獵裝，用大砍刀劈開吉兒家周圍的植物。

我們又劈⋯⋯

又砍……

又切……

又打……

又劈……

終於，我們發現自己來到大門口。

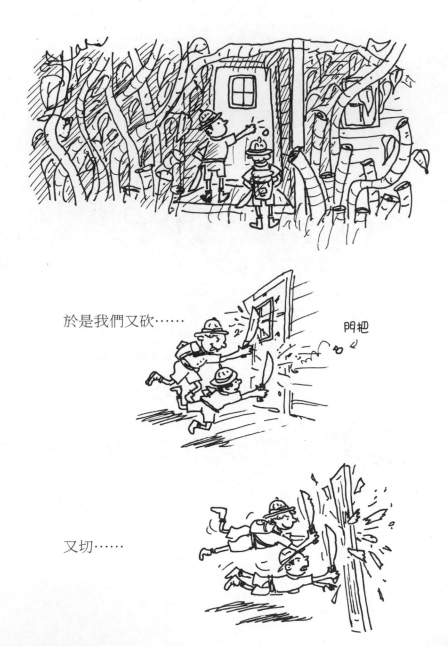

於是我們又砍……

門把

又切……

又打……

又劈……

我們打破大門，進入吉兒家。眼前的景象是……

141

「牠們睡得真熟！」我說，「我們切砍大門的噪音竟然沒有吵醒牠們。」

「對啊，」泰瑞說，「更別提還有劈砍植物的聲音。」

我們走進廚房，找到吉兒。她也正在熟睡。

我搖著她的肩膀，說道：「吉兒，醒醒！」

她沒有醒來。

「她沒醒。」泰瑞說。

「我看得出來！」我說。

「噓，安迪，你會吵醒她！」泰瑞。

「**那正是我想做的事！**」我大吼。

但即使我大聲嚷嚷也沒吵醒她。

我們試了所有想得到的方法：

喇叭……

銅鑼……

空氣喇叭……

電吉他……

軟木塞

電鑽……

炸藥……

所有方法都無效……（就連戳她也沒用！）

　　「嗯，」我說，「這不是普通的沉睡，在故事裡，這稱之為施了魔法的睡眠……就像《睡美人》一樣。」

　　「噢，我愛死那個故事了！」泰瑞說，「但是馬廄起火與馬兒受驚的情節真的很恐怖。」

「那是《神駒黑美人》！」我説，「《睡美人》是童話故事，敍述一位公主受到詛咒，她的手指被尖鋭的紡錘刺傷，沉睡了一百年。」

　　「可是這裡沒有看起來像尖鋭紡錘的東西。」他拿放大鏡仔細看著桌子，「嗯，除了這條尖鋭的胡蘿蔔。」

　　「泰瑞，做得好！」我説，「吉兒一定受到了詛咒，她的手指被那根胡蘿蔔刺傷了。」

「可是，為什麼吉兒會受到詛咒？」泰瑞說。

「我不知道，」我說，「看來我們又有一個待解的謎團。」

「好耶！」泰瑞說，「不過吉兒真可憐，她得沉睡一百年嗎？」

「未必，」我說，「故事裡的睡美人被吻醒了。」

「噁！」泰瑞說，「我才不要親吻她！」

「好，我親吧。」我說。

我彎下身，

緊閉雙眼，

親吻她的臉頰。

「沒用，」泰瑞説，「她沒醒過來。」

「或許因為我不是英俊的王子，」我説，「童話故事裡通常由王子親吻女主角。」

英俊的王子

白馬王子　　可愛王子　　夢幻王子

不太英俊的王子

青蛙王子　　黑馬王子　　馬鈴薯王子

　　「好吧，我想我們需要英俊的王子。」泰瑞説，「可是要去哪裡找呢？」

「城堡如何？」我提議。

「什麼城堡？」泰瑞問。

「那座城堡！」我指著遠方山上的城堡，透過吉兒雜草叢生的花園恰好看得見它。

「噢，那座城堡。」泰瑞説，「真奇怪，我以前從未看過它。」

「我也沒看過，」我説，「但它確實看起來像可以找到英俊王子的城堡。扶起吉兒，將她放進水晶棺，帶著毛毛蟲，我們出發吧！」

「呃，安迪，有個小問題。」泰瑞説。

「什麼小問題？」我説。

「毛毛蟲吃掉我們的荷包蛋飛車了！」

第6章
前往城堡之旅

　　「這下好了。」我看著荷包蛋飛車的殘骸説，「現在我們該怎麼前往城堡？」

「別擔心，我有辦法！」泰瑞說。

他伸手探進包包裡，拿出一套馬兒戲服。

「這要怎麼幫助我們前往城堡？」我說。

「很簡單。」泰瑞說，「你穿上後，我騎著你到那裡。」

他遞給我戲服。

「不，」我遞還戲服，「你穿上後，我騎著你到那裡如何？」

「我有更棒的點子，」泰瑞再度遞給我戲服，「我們輪流怎麼樣？」

「超棒的主意。」我說,「既然這是你想出的點子,你先來吧。」

「安迪,謝謝!」泰瑞接過戲服,「你是真正的朋友。」

他穿上戲服後,我們出發了。

「今天真是騎馬的好天氣。」我說。

「輪到你當馬兒了嗎？」泰瑞問。

「不，還沒。」我說。

「毛毛蟲還好嗎？」泰瑞說。

「很好，我覺得牠很喜歡這趟旅程。」我說。

「我真的希望這趟旅程上，不會遇見任何危害毛毛蟲的東西。」泰瑞說。

「我也是。」我才剛說完，一隻巨大的黑鳥就朝我們俯衝而來。

「鳥兒會危害毛毛蟲嗎？」泰瑞問。

「會！」我說。

我伸手想保護毛毛蟲，但還來不及遮住牠，毛毛蟲就用後足站起來……

張開嘴⋯⋯

一口吞下鳥兒！

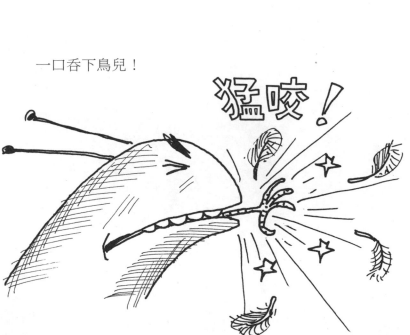

「發生什麼事？」泰瑞問，「毛毛蟲還好嗎？」

「牠很好，」我說，「但那隻鳥不太好，毛毛蟲剛才吃掉了鳥兒。」

「我從沒想過毛毛蟲會吃鳥兒！」泰瑞說。

「我也沒想過，牠一定是食鳥毛毛蟲。」我說。

我們繼續沿路前進，眼前出現陡峭的彎道。我們聽見響亮的隆隆聲。

「你覺得那是什麼聲音？」泰瑞說。

「我可能猜錯了，也希望自己猜錯了。」我說，「聽起來像兩輛蒸汽壓路車競賽的聲音。」

「你說對了！」泰瑞說完，兩輛蒸汽壓路車飛快拐彎，朝我們疾駛而來！

「趕快飛奔！越快越好！」我對泰瑞說。

泰瑞慌忙的四處張望，「我辦不到，你知道我不是真正的馬兒！」

「那麼我們死定了！」我說，「如果第一輛蒸汽壓路車沒壓扁我們，第二輛也絕對會的！」

此時，毛毛蟲躍下泰瑞的頭頂，跳到路上，慢慢爬向蒸汽壓路機。

「不！」泰瑞用馬蹄遮住雙眼。

　　我也不忍心看。我轉過身，準備聽見兩輛蒸汽壓路機壓扁毛毛蟲的聲音……然而，傳來的是毛毛蟲打飽嗝的聲音。

我抬頭往上看。

蒸汽壓路車已不見蹤影，毛毛蟲舔著小小的嘴唇。

「不敢相信！牠吞了兩輛蒸汽壓路車！」我說

「毛毛蟲救了我們一命！」泰瑞說。

「真奇怪，我聞到犀牛的氣味。」我說。

「對，我也是。」泰瑞說，「我還看到牠們了。三頭
大犀牛朝我們猛衝過來！」

我們還來不及驚慌失措，毛毛蟲就用後足站起來，張
大嘴巴。

「哇！我從沒看過毛毛蟲吃掉三頭猛衝的犀牛！」泰瑞說。

「你看過四個揮舞手臂的古怪充氣管人嗎？」我問。

「沒有，我也沒看過。為什麼你這麼問？」泰瑞說。

「因為有四個揮舞手臂的古怪充氣管人擋住前方的路。」

「酷！我愛這些傢伙！」泰瑞說。

「毛毛蟲也愛，」我說，「你看，牠過去了！」

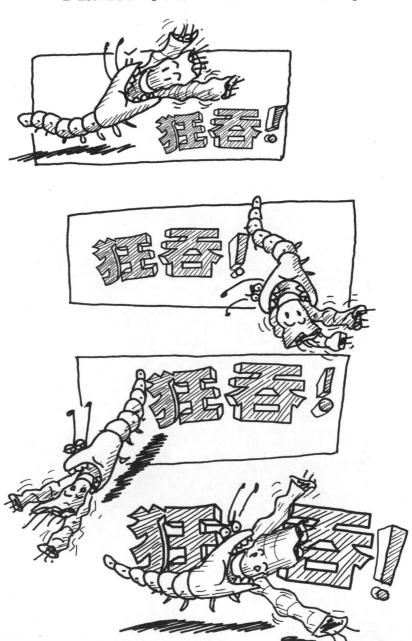

「古怪充氣管人真可憐，」泰瑞説，「它們不該那樣死去。」

「如果是五隻突變大蜘蛛呢？」我説。

「蜘蛛的話，那是牠們應得的。」泰瑞説，「上啊，小毛毛蟲，上啊！」

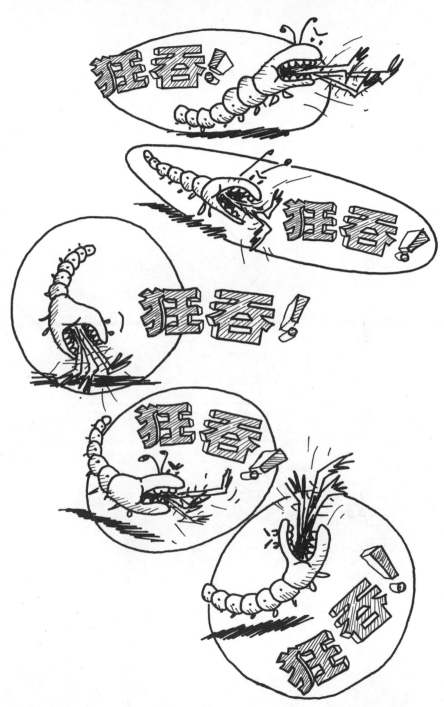

173

「幸好我們帶著這隻毛毛蟲一起走。」泰瑞說，「這是史上最危險的路！這裡應該要有警示牌。」

「有啊，瞧！」我說。

警告

這條路有巨鳥、
疾駛的蒸汽壓路車、
猛衝的犀牛、
揮舞手臂的古怪充氣管人、
突變大蜘蛛出沒，

請小心！

我們繼續往前走。

「我累了，」泰瑞說，「輪到你當馬兒了嗎？」

「還沒。」我說，「我們快到了，瞧！」

城堡位在我們前方的山上，蘆筍城牆環繞著城堡。

「哇，它們真的很符合蔬菜主題耶，對吧？」泰瑞說。

「因為它是蔬菜城堡。」坐在路旁的皺巴巴老番茄開口。

「蔬菜城堡？」我說。

「對，它是幾天前抽芽長出來的，」番茄說，「屬於馬鈴薯王子的蔬菜王國。」

「太棒了，」我說，「我們需要王子來喚醒被施了魔法而沉睡的朋友。泰瑞，快跑！」

176

「慢著。」番茄擋住我們的路，「你們不能上去那裡，你們甚至不該出現在這裡，城堡及周圍僅限蔬菜出入！」

「那你在這裡做什麼？你不是蔬菜，你是水果。」我說。

「我當然是蔬菜。」番茄說，「人們將水果當甜點來吃，你上一次吃番茄當甜點是什麼時候？番茄絕對是主菜！」

「但你有番茄籽，而且是從植物的花長出來的果實，從專業來說，你是水果。」泰瑞説。

「你想討論專業？」番茄的臉龐脹得通紅，「好，老兄，我告訴你，因為海關的規定是，美國最高法院裁決番茄是蔬菜。就是這樣。」

「好，好。」我試著讓它冷靜下來，「你說你是蔬菜，那就是蔬菜，儘管你確實有番茄籽……」

「別跟我說籽的事。」番茄憤怒的說，「黃瓜有籽，你從沒聽過人們稱它是水果；辣椒有數百個籽，但誰也不會誤以為它是水果！南瓜呢？有籽！南瓜裡面都是籽！別逼我開始說蕪菁甘藍……」

「蕪菁甘藍是什麼？」泰瑞低聲問道。

「我不知道，」我說，「但我覺得我們就快要知道了。」

「我們永遠到不了那座城堡。」泰瑞嘆氣。

「噓，」我說，「仔細聽！」

「我沒聽見任何聲音。」

「這就是我的重點，」我說，「番茄閉嘴了。」

「這是有原因的，」泰瑞說，「毛毛蟲剛剛吃掉了它。」

「那是毛毛蟲整天下來，第一個健康的選擇。」

第 7 章

蔬菜王國

我們開始爬山，前往城堡。

185

我們對所有的警示牌視而不見，繼續往上爬，直到抵達蘆筍城牆。它比從山腳下看起來還要茂密高聳。

「我們絕不可能穿越這道城牆！」泰瑞說，「再過一百萬年也不可能！再過一兆年也一樣！再過數不盡……」

「泰瑞！」我說。

「什麼事？」

「快點，毛毛蟲將城牆吃出了一個洞。」

「這比我想的快多了，」泰瑞說，「我一定算錯了，讓我檢查哪裡出差錯……」

「那不重要，」我説，「繼續前進！」

我們跟著毛毛蟲進入遂道。

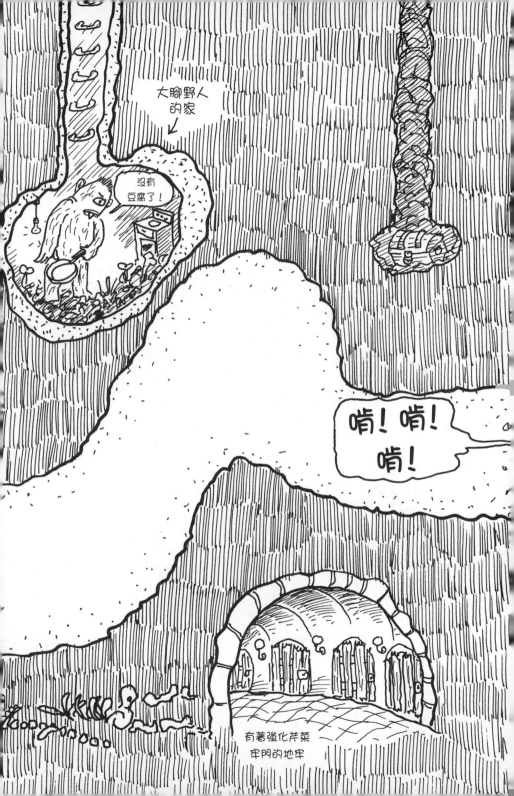

我們抵達隧道終點後往外偷看，有個花園充滿了蔬菜，太可怕了！

「我們不能過去那裡，我們不是蔬菜。」泰瑞說。

「沒錯。」我說，「你的隨身包裡有蔬菜裝嗎？」

泰瑞仔細檢視包包裡的東西，他說：「我有三套。」

「太棒了，我們正好需要三套！」我說。

我選了玉米裝，將綠花椰菜裝遞給泰瑞，接著我們為吉兒套上胡蘿蔔裝。

我們走進花園時，小喇叭的聲音響起，一群外表像官員的蔬菜朝著這裡走來。

　　「馬鈴薯王子萬歲。」吹著號角的茄子說。

← 豌豆交談

「那一定就是他！」泰瑞指著頭戴金色小王冠的胖馬鈴薯，「馬鈴薯王子！但他不是很英俊。」

「對，」我說，「不過就一顆馬鈴薯來說，他相當帥。」

馬鈴薯王子停在我們旁邊，「我的十隻眼睛看錯了嗎？還是我眼前真的有一位躺在水晶棺裡的公主？」

　　「不，吉兒不是……」泰瑞說。

　　我用力踩泰瑞的腳，要他閉嘴。

　　「是的，王子殿下！」我趕緊說，「她真的是公主，她受到可怕的詛咒，只有英俊王子的吻能喚醒她。」

「噢，她真漂亮！」馬鈴薯王子說，「她的膚色比太陽更橘，秀髮比青草還綠，臉龐比夏日最甜的豌豆來得更甜，我得立刻吻她，並在天黑之前迎娶她！」

　　「呃，安迪，」泰瑞低聲說，「我覺得吉兒不會想嫁給一顆馬鈴薯。」

　　「噓，」我說，「晚點再擔心這件事……等他吻醒她再說。」

馬鈴薯王子彎下身，親吻吉兒。

吻聲響亮。

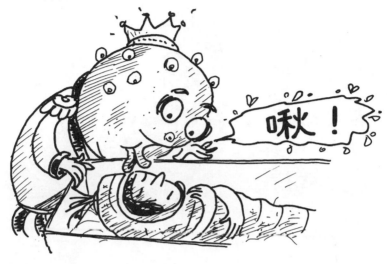

吉兒眨了眨，隨後睜開眼睛。她抬頭看著王子⋯⋯
然後放聲尖叫。（叫聲同樣響亮。）

馬鈴薯王子大吃一驚，向後栽倒在地上，四肢不由自主的扭動。

吉兒站起來，低頭看著他。「你剛剛吻了我嗎？」她問。

「對，我美麗的胡蘿蔔公主，」王子說，「妳被施了魔法而沉睡，我吻醒了妳。現在我們可以結婚，從此過著幸福快樂的日子。」

「我不知道你是誰，也不知道你在說什麼。」吉兒說，
「但我知道我不是胡蘿蔔，也不是公主。」

　　她開始拉扯起胡蘿蔔裝的頭部，「我頭上這是什麼鬼
東西？」

「別拉！」我猛衝向她，但為時已晚。

她脫下了胡蘿蔔裝的頭部，蔬菜紛紛尖叫。

「那位公主不是胡蘿蔔！她是人類！」茄子大吼。

「抓住她！」馬鈴薯王子說。

　　「糟了。」我抓住吉兒的手，「我們最好離開這裡，跟我們走。」

「怎麼回事？你們是誰？」吉兒説。

「我是安迪，綠花椰菜是泰瑞。」

「嗨，吉兒！」泰瑞説。

「這是一場夢嗎？」吉兒説。

「不算是，」我説，「比較像一場噩夢。晚點我會解釋，快跑！」

我們想從隧道返回，醜陋的大南瓜卻擋住了入口。

我們轉過身，遭到一大群野蠻的球芽甘藍攻擊。

我們跑過庭院，來到階梯，卻被一群難聞的生薑、大蒜和洋蔥擊退。

我們試著決定接下來要跑向哪裡，這時數百萬朵蘑菇
冒出地面，包圍我們。

馬鈴薯王子說：「將這群假扮蔬菜的惡棍送進地牢，晚點我會處置他們。」

蘑菇綑綁住我們，拉住我們沿著冰冷的長廊前進……

打開極其堅固的芹菜牢門……

將我們丟進狹小陰暗的地牢。

「很好，這一切進展得相當順利。」泰瑞說。

「你怎麼會這麼想？」我說。

「嗯，現在吉兒醒了，這就是我們來這裡的目的，不是嗎？」

「對，那是其中一個目的。我們也希望她跟毛毛蟲說話，這樣一來，我們才會知道大鼻子先生發生了什麼事。」

「你們不需要毛毛蟲，」一道低沉有力的熟悉嗓音說，「我可以親口告訴你們，我就在這裡！」

第 8 章

地牢

「大鼻子先生！是你嗎？」泰瑞説。

「當然是我！你們這兩個蠢貨在這裡做什麼？你們應該在寫書！」大鼻子先生説。

「我們寫了，」我說，「至少我們之前寫了。但我們寫到第六十五頁時，發覺你沒有像平常一樣打電話提醒截稿日期，所以我們打電話給你。你不在辦公室，那裡看起來很可疑，我們決定著手調查，尋找線索。」

「現場的蛛絲馬跡帶領你們來到這裡？」大鼻子先生說。

「不算是。」我說，「我們在你的辦公室發現毛毛蟲，我們認為牠一定目睹了你發生的事，於是我們帶牠到吉兒家，這樣她就能跟牠說話。」

「啊，所以那就是你們找到我的方法。」大鼻子先生說。

「嗯，不是，」泰瑞説，「因為吉兒的手指被胡蘿蔔刺傷，沉睡了一百年。」

「所以我吻她，希望喚醒她。」我説。

「嗯！」吉兒説。

「我懂妳的意思。」泰瑞説，「總之，因為安迪不是真正的王子，這個方法無效，於是我們得踏上漫長的旅程，尋找真正的王子，我們想得出的最佳人選是馬鈴薯王子。」

「噢，所以那就是那顆馬鈴薯的口水流了我一身的原因。」吉兒說。

「對，我很抱歉，至少現在妳醒了。」我說。

「對啊，現在妳可以跟那隻毛毛蟲說話，了解大鼻子先生發生什麼事。」泰瑞說。

「你們這些笨蛋！」大鼻子先生大吼，「你們不必跟毛毛蟲説話！我告訴你們發生了什麼事，我被蔬菜綁架了，事情就是這樣！」

「為什麼呢？為什麼蔬菜要做這種事？」吉兒説。

「因為我出版了蔬菜派迪的著作《蔬菜好好玩》，這就是原因，顯然它們對此有點不高興。」

「所以那本書就是線索！我也這麼想！」泰瑞說。

「你認為每樣東西都是線索，」我說，「就連你的手也是！」

「我才沒有。」泰瑞說。

「你有。」我說。

「我才沒有。」

「你有。」

「你就是有，再講一兆次還是有！」這句話讓我贏了這場爭執，但牢門外面傳來響亮的嘎吱聲與咀嚼聲，所以泰瑞沒聽清楚我的話。

聲音越來越響亮，接著牢門出現一個洞，毛毛蟲探頭進來。

「太好了！」泰瑞說，「牠就是我們說的毛毛蟲，牠來救我們了！」

「這是我聽過最愚蠢的事。」大鼻子先生說，「區區一隻毛毛蟲如何能救我們？」

「當然是吃掉所有的蔬菜啊。」泰瑞回答。

「沒錯，」我說「這隻毛毛蟲可以吃掉任何東西！今天到目前為止，牠吃了一輛荷包蛋飛車、

一隻巨大的黑鳥、

兩輛蒸汽壓路機、

三隻犀牛、

四個揮舞手臂的古怪充氣管人、

五隻突變大蜘蛛、

一顆性情暴躁的老番茄、

一道蘆筍城牆，

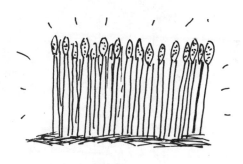

還有一扇堅固的芹菜牢門！

「這隻毛毛蟲真神奇，」泰瑞説，「我們應該寫一本關於牠的書。」

「嗯，別指望我會出版，」大鼻子先生説，「沒人想讀關於飢餓毛毛蟲的書！」

「我就會想讀，」吉兒説，「我愛動物故事，但我覺得毛毛蟲今天不會再吃任何東西了。」

「為什麼不會？」泰瑞説。

「牠開始結繭了，」吉兒說，「一旦牠包在蛹裡，接著就會蛻變成美麗的蝴蝶！」

「那時牠會吃掉所有的蔬菜嗎？」泰瑞說。

「不會，」吉兒說，「蝴蝶沒有嘴巴⋯⋯只有一根吸食花蜜的吸管。」

「那對我們無用！」我說，「我們要怎麼辦？」

「你們要跟我們走。」一道粗啞的嗓音傳來，兩名茄子獄卒打開牢門，走進地牢，「現在是午餐時間！」

「噢，謝天謝地，」泰瑞說，「我餓壞了！我們要吃什麼？」

其中一位茄子獄卒說：「你們湯。」

「嗯，聽起來很有趣，湯裡放了什麼？」泰瑞說。

「你！」茄子獄卒指著他，接著轉向我們其餘的人。

「還有你……」

「還有妳……」

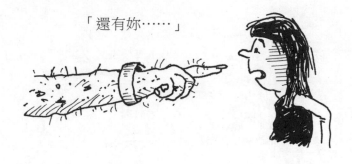

「還有你！」

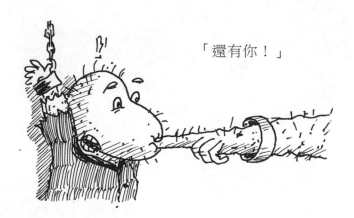

第 9 章

人類湯

　　「嗯，泰瑞，」我說，「你又害我們陷入天大的麻煩了。」

　　此刻我們坐在懸吊於火上的一鍋水裡，一群憤怒的蔬菜圍在旁邊。

「不是我的錯，」泰瑞說，「是你提議要來這座愚蠢的城堡。」

　　「因為吉兒的手指被胡蘿蔔刺傷。」我說，「如果真要說這是誰的錯，那就是吉兒的錯。」

　　吉兒說：「兩件事無關，顯然這是大鼻子先生的錯，因為他出版那本內容殘忍的書，惹惱了蔬菜。」

大鼻子先生説：「這不是我的錯，這是蔬菜派迪的錯，因為她寫了那本書！」

我對茄子説：「對，這是蔬菜派迪的錯，你們應該抓她，將她放進鍋裡，讓我們自由離開。我們熱愛蔬菜！」

「對，蔬菜最棒了！蔬菜萬歲！」泰瑞説。

「你們想騙誰？」茄子說，「我看過你們的書！你與安迪痛恨蔬菜！」

「不，我們不痛恨蔬菜，」我說，「我們討厭的是水果，我們的樹屋有一間砸西瓜室！」

「對，但你們也有蔬菜蒸餾器。」茄子說。

「那是安迪的主意。」泰瑞說。

「火箭推動的胡蘿蔔發射器呢？」茄子說，「那是誰的點子？」

「那是我的主意，」泰瑞說，「但胡蘿蔔很喜歡！」

「不，它們不喜歡！另外，飛天紅菜頭也不喜歡人類騎在它們身上，那就是我們放它們自由的原因。」

「所以這就是飛天紅菜頭的下落！」我說。

「另一個謎團解開了！」泰瑞說。

「抱歉，」吉兒對茄子說，「我不討厭蔬菜，也從未想過要傷害蔬菜，所以可以請你放我走嗎？」

「想得美！」茄子厲聲說，「每天妳都用一車又一車可憐無助的蔬菜餵動物，那就是我們送詛咒紅蘿蔔到妳家，讓妳沉睡的原因。」

「那就是吉兒沉睡的原因！」我說，「受詛咒的不是她，而是胡蘿蔔！」

「另一個謎團解開了！」泰瑞說，「我們是優秀的偵探，解開了今天的所有謎團！」

今天我們解開的謎團！

1. 大鼻子失蹤之謎　結案

2. 飛行甜菜根失蹤之謎　結案

3. 為何一切看起來都很巨大之謎　結案

4. 為何我們最近沒看到吉兒之謎　結案

5. 為何吉兒受詛咒之謎　結案

「廢話說夠了！」馬鈴薯王子走上前，「你們都犯了反蔬菜活動罪，要付出終極代價！」

「一百萬元罰金嗎？！」泰瑞說。

「不，你這個蠢蛋，」馬鈴薯王子說，「你們將付出生命代價！」

他轉身面對聚集的蔬菜，接著說：「我忠心的臣民，今天我們將盡情享用⋯⋯人類湯！」

蔬菜全圍著鍋子唱歌跳舞。

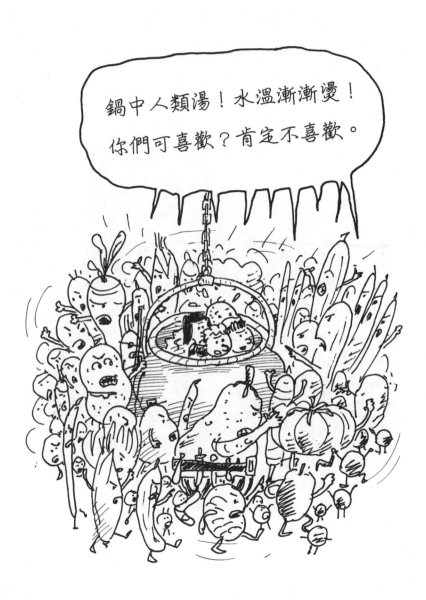

238

「嗯，現在看起來我們沒得救了。」我說，「哪天不出事，偏偏挑在今天。」

「安迪，你的話是什麼意思？」泰瑞說。

「你依然沒想起來，對吧？」我說。

「想起什麼？」他說。

「忘記吧。」我說。

「如果我一開始就想不起來，我要如何忘記？」泰瑞說。

239

「你們兩個，安靜！」大鼻子先生說，「看看這些蔬菜！它們變得遲緩並陷入沉睡，似乎累壞了。」

「耶！我們贏了！」泰瑞說。

「不算是，」大鼻子先生說，「我想你們都發現我們仍被綁在一鍋水裡，而這鍋水正迅速變燙。」

「對，說得沒錯，」泰瑞說，「我想我們終究輸了。」

241

忽然之間，一位對抗蔬菜的凶猛戰士從天而降，她一手拿著馬鈴薯搗爛器，另一手握著蔬菜削皮器。

她說：「別害怕＊！蔬菜派迪來了！」

＊當然，除非你是蔬菜，你才應該害怕……
　事實上，你應該非常害怕，因為……小心！蔬菜派迪來了！

第 10 章

蔬菜派迪來解圍

　　「耶！」泰瑞說，「我就知道蔬菜派迪會來救我們！我就知道一切都會沒事。」

「我可不敢肯定沒事。」我說，「瞧！蔬菜醒了，它們的數量遠超過蔬菜派迪。」

「他説得沒錯，」馬鈴薯王子冷笑道，「妳永遠無法活捉我們！」

「我不打算活捉你或其他蔬菜。」蔬菜派迪説，「你們準備被切片、切丁、裝進塑膠夾鍊袋、丟進手提式冰箱迅速冷凍吧！」

她將蔬菜切片！

切丁！

劈砍與重擊！

砸碎！

搗爛！

砍掉胡蘿蔔的頭！

揮拳猛擊！

猛力砸碎！

抓住它們，狂戳猛刺！

猛打！

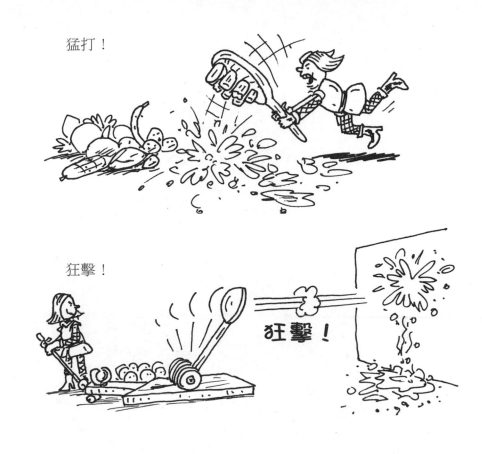

狂擊！

狂擊！

做成烤蔬菜串！

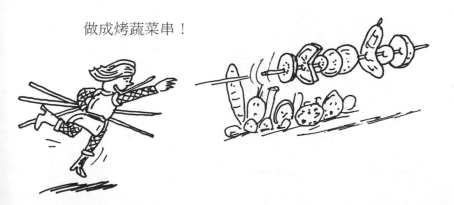

猛踢！

鞭打！

重擊、猛打、狂毆！

壓碎！

碾爛！

裝進夾鍊袋＊！

＊方便又可重複密封的塑膠夾鍊袋，是適合手提式冰箱的理想大小。

蔬菜派迪將最後一個可重複密封的夾鏈袋放進冰箱，
再把我們從接近沸騰的水裡放出來。

「蔬菜派迪，謝謝妳來救我，」大鼻子先生說，「有
個能依靠的作者真是太棒了……不像這兩個笨蛋。」

「這樣說不太厚道，安迪與泰瑞盡力了。」吉兒說。

「他們盡力了卻不夠好！」大鼻子先生說，「蔬菜派迪是對抗蔬菜的戰士，也是素仇者！」

「素仇者？」泰瑞說，「那是什麼？就像是素食者嗎？」

「可以這麼説，」蔬菜派迪説，「我主要以蔬菜為食，但不是因為我喜歡它們，而是為了報復它們造成我童年的痛苦。」

「就是説嘛！」我説，「我爸媽以前總是逼我吃蔬菜！真討厭！」

「至少你只需要吃掉蔬菜。」泰瑞說，「我爸媽逼我喝掉它們，一天喝三次蔬菜汁！」

「我不是那個意思，」蔬菜派迪說，「我不是因為必須被迫吃蔬菜才討厭它們，而是因為它們殺了我的父母。」

「蔬菜殺了妳的父母？」吉兒說，「它們怎麼殺的？」

「事情是這樣的，」蔬菜派迪深吸一口氣說，「我還很小的時候，有一天，爸媽帶我去鄉村市集，我們欣賞著展示的巨大蔬菜……」

「這時怪異的暴風雨突然來襲，一陣狂風將所有的巨大蔬菜吹離原處，它們滾落舞台……」

「將我的爸媽雙雙壓成肉餅。」

「那時我當場發誓，我將終其一生致力於消滅蔬菜，盡力吃掉它們！」

「蔬菜的味道很可怕。」我說。

「沒錯，的確是，」蔬菜派迪說，「但復仇的滋味非常甜美，這兩種滋味互相抵銷了。」

「這就是我需要你們與讀者盡量多吃蔬菜的原因，協助我對抗它們。我們越快吃掉蔬菜，就能越早讓它們從地球上永遠消失！」

泰瑞轉頭看著我，低聲說：「我跟別人一樣討厭蔬菜，但我並未痛恨它們到極點。」

　　「我也是。」我說。

　　蔬菜派迪的手機響了，她接起電話。「怎麼了？妳的孩子不肯吃蔬菜？別擔心……我馬上就到！」

　　她轉身面對大鼻子先生說：「我得走了，這是緊急情況。」

「我可以搭妳的便車回辦公室嗎？」大鼻子先生說，「妳知道的，我是大忙人，這次蔬菜綁架事件真的耽誤了我的工作進度。」

　　「當然可以，」蔬菜派迪說，「我的蔬菜動力復仇車就停在外面，但只能多載一個人。」

　　「沒問題，」大鼻子先生輕蔑的對我們揮手，「他們可以自行想辦法回家。」

「好吧，」我說，「我們來這裡的任務似乎完成了，走吧。」

「別忘了，這次輪到你當馬兒了。」泰瑞說。

「別管馬兒的事了，」我說，「我們改搭電車吧。」

「電車？」泰瑞說，「為什麼一開始我們不搭電車來呢？」

「因為那時你是馬兒，」我說，「大家都知道馬兒不准搭電車。」

電車抵達了。儘管電車內有點擁擠，我們還是找到了位子。

　　「請上車。」列車長說。

　　我們出發了。

第 11 章

驚喜！

返家之旅相當漫長。

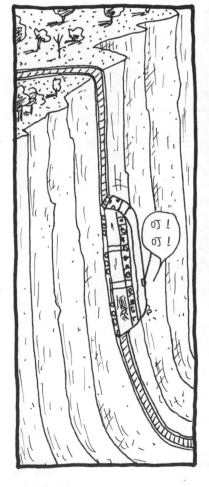

我們終於抵達吉兒家的那一站。

她下了車，我們彼此揮手道別。

下一站是樹屋站。

我們下了電車，爬上樹屋。

回家真棒！但我們有許多事情要做。我們得餵鯊魚……

砸爛西瓜……

衝浪……

電鋸雜耍……

舉行搖搖馬比賽……

就定位，
預備，
開始！

需要自己動手做的自製披薩……

烤箱

我與泰瑞漂浮在透明泳池時，他說：「一切都很圓滿！」

　　「對，除了一件事以外。」我說。

　　「哪件事？」泰瑞說。

　　「今天是我的生日，而你完全忘了這件事！」

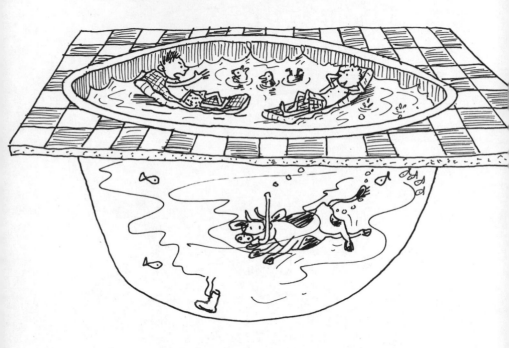

　　「今天是你的生日？」泰瑞說，「你要告訴我啊！」

　　「我剛剛告訴你了，但我應該不必這麼做的，你得記住我的生日，朋友就該如此！」

「我很抱歉，」泰瑞說，「但我認識你之前，從沒交過朋友，也從來不曾過生日，所以我不知道要為你過生日。」

　　「你從來不曾過生日？」我說，「為什麼不過？」
　　「我爸媽覺得那很危險。」泰瑞說。

過生日很危險的種種原因
（根據泰瑞爸媽的說法）

標誌可能掉下來並著火，或者害某人窒息死亡，或者兩者都發生。

字可能掉下來，砸破某人的頭。

想吹熄所有蠟燭可能導致換氣過度或頭昏眼花的風險

小孩可能吸入火焰，而不是吹熄火焰。→

站在椅子上的小孩傾身向前

鋒利的蛋糕刀

桌下的危爬蟲動物

「你的生日是哪一天？」我說。

「我不知道，我們從來沒有慶生，」泰瑞說，「所以我不確定我的生日是哪一天。」

我思考片刻。

我要做的只有一件事。

「泰瑞？」我説。

「嗯？」

「你可以跟我共享生日。」

「真的嗎？」

「真的，因為我從未忘記自己的生日，以後也不會忘了你的生日，這樣一來，我就能提醒你。每年我們都可以一起慶生……就從今天開始吧。」

「安迪，謝謝，」泰瑞説，「你是我有史以來最好的朋友。我只有一個問題。」

「什麼問題？」

「我們幾歲了？」

「你竟然問這個問題，真有趣，」我說，「因為我原本打算在這本書的開頭把答案告訴讀者……」

　　「答案是什麼？」

　　「嗯，我們……」我說。

　　森林傳來大喊的聲音：「安迪！泰瑞！快來！」

　　「那是吉兒！」我說。

　　「她聽起來像是有麻煩了。」泰瑞說。

　　「我希望別再是關於蔬菜的麻煩了！」我說，「趕快！我們走吧！」

我們各自抓住一條藤蔓，盪到樹底，然後衝進森林。

「吉兒，妳在哪裡？」我大喊。

「我在這裡！趕快！」她説。

「別擔心，我們來了！」泰瑞説。

我們跑到森林中的空地。

「這是驚喜！」吉兒說。

第 12 章

瘋狂計畫

「安迪，生日快樂！」吉兒說。

「吉兒，謝謝，」我說，「泰瑞也能成為派對的主角嗎？因為今天也是他的生日。」

「泰瑞，我不知道今天也是你的生日。」吉兒說，「安迪已經暗示好幾個月了，但你從沒提過。」

「那是因為爸媽從未告訴我生日是哪天，」泰瑞說，「我不知道自己的生日，但安迪說我可以跟他共享生日。」

「安迪，你真善良！」吉兒說「泰瑞，生日快樂，我會請嘶嘶先生將你的名字加到慶生橫幅上。」

「吉兒，這真是太棒了，但妳怎麼能迅速籌備這一切？」我說，「幾個小時前，我們才剛從蔬菜城堡回來！」

「我與動物一起籌畫生日驚喜派對好幾週了，」吉兒說，「所有的準備工作快要完成時，我的手指被詛咒胡蘿蔔刺傷。幸好我醒來時，動物也醒了。我不在時，牠們打點好一切。牠們真的熱愛派對……就如你們所見。」

「瞧！」泰瑞説，「蝴蝶！牠的翅膀上寫著生日快樂！」

「因為牠是生日蝴蝶！」吉兒説。

「為什麼牠戴著那隻毛毛蟲的帽子？」泰瑞說。

「因為牠以前就是那隻毛毛蟲。」吉兒說。

「什麼？毛毛蟲怎麼會變成蝴蝶？」泰瑞說。

「蛻變。」吉兒說。

「那是什麼？」泰瑞說。

「晚點我會解釋。」我說。

「生日真好玩！」泰瑞的臉龐塗滿愛德華勺子手冰淇淋口味的生日蛋糕，「我覺得我們應該每天過生日！」

眉開眼笑

　　「但是生日不是這樣的，」我說，「每年你只能過一次生日，否則就會老得太快。」

「嘿，我知道了，」泰瑞說「我們何不在樹屋建一層慶生室呢？你想過生日就過生日，卻不會變老。」

「這個提議很不賴！」我說。

「嗯，有點奇怪，」泰瑞說，「這個聲音聽起來像我們的 3D 立體視訊電話，但不可能啊，它怎麼會在森林裡？」

「事實上，那正是你們的 3D 立體視訊電話，」吉兒說，「我請拉瑞、捲捲、小莫將它拿來這裡，說不定大鼻子先生會打電話祝你們生日快樂，現在打電話來的人可能就是他。」

　　「安迪與泰瑞，」大鼻子先生說，「我想你們很清楚我打電話來的原因。」

「祝我們生日快樂？」我問。

「別說蠢話了！」大鼻子先生說「我打電話來通知，你們的書在下午五點之前截稿。」

「明天下午五點？」泰瑞說。

「不，今天下午五點！」大鼻子先生說。

「但我們還沒寫完，我們之前忙著拯救你！」我說。

「那不是我的問題。」大鼻子先生說，「合約就是合約，你們最好在下午五點之前交出新書……否則後果自行負責！」

他掛上電話。

我看著泰瑞。

泰瑞看著我。

「送禮物的時間到了。」吉兒說完，遞給我們一個金色紙張包裝、綁著紫色大蝴蝶結的禮物。

「但我們怎麼能在這種時候拆禮物呢？」我說，「如果我們沒寫完書，那麼……那麼……那麼我也不知道會發生什麼事。大鼻子先生可能會火冒三丈，氣到鼻子爆炸，我們就不得不回猴園工作。」

「別擔心，」吉兒說，「就相信我。拆禮物吧，我覺得你們一定會喜歡。」

　　我們拆開禮物。

　　「是一本書！」我說。

　　「我愛書！」泰瑞說，「它的書名是什麼？」

　　「瘋狂樹屋52層：潛入蔬菜王國大冒險！」

　　「我愛這本書！」泰瑞說。

　　「不，你不愛，」我說，「我的意思是，你愛不了……因為我們甚至還沒寫！」

「你們還沒寫……」吉兒説，「但我寫了，包括所有的文字與圖畫。」

「妳怎麼辦到的？」我説。

「當然是靠著動物幫忙。」吉兒説，「你們看著牠們時，或許不認為牠們有才華，但牠們真的極具天賦。你與泰瑞不嫌麻煩的拯救我，讓我從施了魔法的沉睡中醒來，這是我能做的一點小事。」

「現在我們可以讀了嗎？」泰瑞説。

「當然可以！」吉兒説。

我們閱讀這本書……

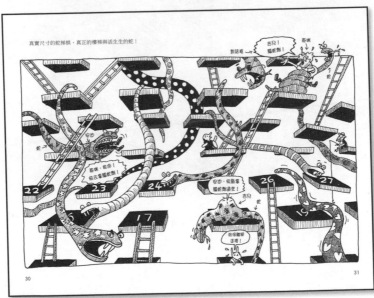

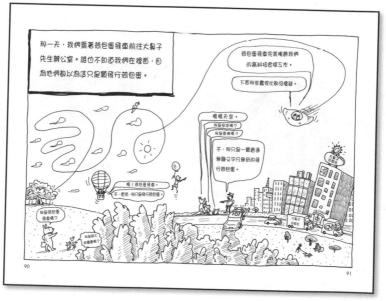

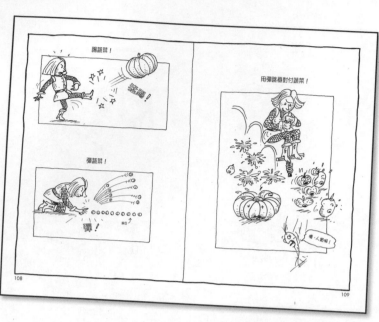

「呢，泰瑞？」我說，
泰瑞轉身面對我，他仍拿著放大鏡猛瞧。「哎呀！」他說，「你也很高大！」

「不，我不高大，」我說，「皺紋針也不巨大……你只是用最大的放大鏡看所有的東西而已！」

「啊哈！」泰瑞說，「另一個謎團解開了！」

「對，」我說，「但不是正確的那個，我們應該解開的是大鼻子先生失蹤之謎，而不是為何一切看起來都很巨大之謎。」

「喔，對，」泰瑞說「說得好。」

「超棒的主意。」我說，「既然這是你想出的點子，你先來吧。」

「安迪，謝謝！」泰瑞接過戲服，「你是真正的朋友。」

他穿上戲服後，我們出發了。

「今天真是騎馬的好天氣。」我說。

「輪到你當馬兒了嗎？」泰瑞問。

「不，還沒。」我說。

「毛毛蟲還好嗎？」泰瑞說。

「很好，我覺得牠很喜歡這趟旅程。」我說。

「我真的希望這趟旅程上，我們不會遇見任何危害毛毛蟲的東西。」泰瑞說。

「那一定就是他！」泰瑞指著頭戴金色小王冠的胖馬鈴薯，「馬鈴薯王子！但他不是很英俊。」

「對，」我說，「不過就一顆馬鈴薯來說，他相當帥。」

馬鈴薯王子停在我們旁邊，「我的十隻眼睛看錯了嗎？還是我眼前真的有一位躺在水晶棺裡的公主？」

「不，吉兒不是⋯⋯」泰瑞說。

我用力踩泰瑞的腳，要他閉嘴。

「是的，王子殿下！」我趕緊說，「她真的是公主，她受到可怕的詛咒，只有英俊王子的吻能喚醒她。」

「我們寫了，」我說，「至少我們之前寫了，但寫到第五十四頁時，發覺你沒有像平常一樣打電話提醒截稿日期，所以我們打電話給你，但你不在辦公室，那裡看起來很可疑，我們決定著手調查，尋找線索。」

「現場的蛛絲馬跡帶領你們來到這裡？」大鼻子先生說。

「不算是，」我說，「我們在你的辦公室發現毛毛蟲，我們認為他一定目睹了你發生的事，於是我們帶牠到吉家，這樣她就能跟牠說話。」

「啊，所以那就是你們找到我的方法。」大鼻子先生說。

210

211

第9章

人類湯

「嗯，泰瑞，」我說，「你又害我們陷入天大的麻煩了。」

此刻我們坐在懸吊於火上的一鍋水裡，一群憤怒的蔬菜圍在旁邊。

226

227

「這就是我需要你們與讀者盡量多吃蔬菜的原因，協助我對抗它們。我們越快吃掉蔬菜，就能越早讓它們從地球上永遠消失！」

麥瑞轉頭看看我，低聲說：「我跟別人一樣討厭蔬菜，但我並未痛恨它們到極點。」

「我也是，」我說。

蔬菜派娘的手機響了，她接起電話。「怎麼了？妳的孩子不肯吃蔬菜？別擔心……我馬上就到！」

她轉身面對大鼻子先生說：「我得走了，這是緊急情況。」

蔬菜派娘說：

吃掉你的蔬菜吧！

260

261

270

271

「嗯，你們覺得如何？」吉兒說。

「緊湊刺激！」我說，「我愛這本書！但我們怎麼及時將它送到大鼻子先生手中？」

「請生日蝴蝶送過去呢？」泰瑞說。

「不行，」吉兒說「這本書對牠來說太重了，蝴蝶很漂亮，但牠們不太強壯。」

311

310

「嗯，你們覺得如何？」吉兒說。

「緊湊刺激！」我說，「我愛這本書！但我們怎麼及時將它送到大鼻子先生手中？」

「請生日蝴蝶送過去呢？」泰瑞說。

「不行，」吉兒說，「這本書對牠來說太重了。蝴蝶很漂亮，但牠們不太強壯。」

「絲絲與其他飛天貓呢？」我說，「牠們可以送嗎？」

「恐怕不行，」吉兒說，「牠們正在加納利群島度假，昨天我收到牠們的明信片。」

「我知道了，我們可以用大砲！」泰瑞說。

「不，不能用。」吉兒說，「有隻知更鳥在裡面築巢，雛鳥才剛孵出來而已，牠們不能受驚擾。」

「我想我們完蛋了，除非……」泰瑞說。

我與吉兒傾身向前。

「除非什麼？」我說。

「除非我們讓忍者蝸牛送過去。」

「那會用上無止盡的時間！」我說。

「不是無止盡。」泰瑞說，「經過我的計算，只需要一百年又十五分鐘左右。」

「太棒了，」我說，「只除了對大鼻子先生來說，那樣晚了一百年。」

「不，不會，」泰瑞說，「只要讓時間暫停就不會。」

「嗯，廢話，」我說，「你講得像我們辦得到一樣。」

「我覺得我們辦得到。」泰瑞說，「我還留著刺傷吉兒手指的胡蘿蔔，如果我們想解開『為何吉兒受詛咒之謎』，它可以當作證據。」

「一根受詛咒的胡蘿蔔如何能讓時間暫停？」我說。

「就像這樣！」泰瑞說，「我們利用火箭推動的胡蘿蔔發射器，將胡蘿蔔發射到格林威治皇家天文台，世界上所有的時間都來自那裡！如果你讓那裡的時間暫停，全世界的時間都會暫停，這可以讓忍者蝸牛擁有充裕的時間。」

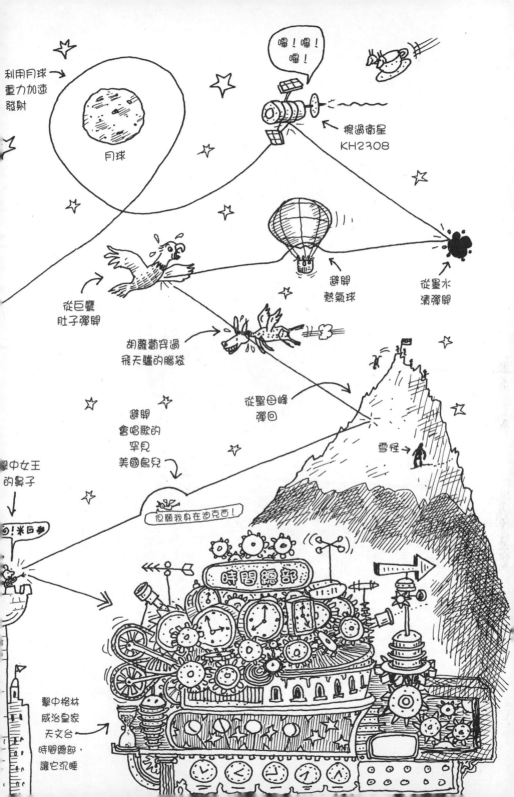

「可是忍者蝸牛呢？」我說，「牠們不會也陷入沉睡嗎？」

「不會，」泰瑞說，「因為牠們是忍者蝸牛，正常的時空法則不適用於牠們。」

「泰瑞，這很瘋狂。」我說。

「噢。」他失望的嘆氣。

「瘋狂到也許行得通！」

「太棒了！」泰瑞說，「前往樹屋！」

我與吉兒跟著泰瑞前往樹屋，爬上忍者蝸牛訓練學院。泰瑞向蝸牛解釋任務，交給牠們那本書，接著射擊起步槍。

他向蝸牛揮手道別。

「祝你們好運，」他說，「抵達時別忘了發個電報給我。」

他轉身面向我們，「現在，我們去發射胡蘿蔔吧。」

泰瑞將胡蘿蔔放進火箭推動的胡蘿蔔發射器，將發射器瞄準格林威治皇家天文台的方向。

　　「開始囉。」他按下發射鈕。

　　胡蘿蔔射向天際，消失在雲層裡。

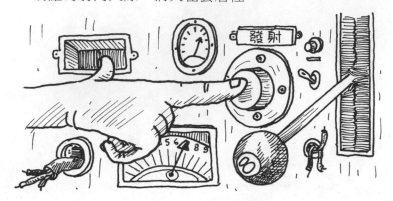

　　「好了，」泰瑞說，「胡蘿蔔上路了，我們最好前往全是枕頭的房間，舒舒服服躺好，一場漫長的睡眠等著我們。」

我們舒適的窩在成堆枕頭裡時，吉兒問：「你真的認為泰瑞的計畫行得通？」

「我希望它行得通，妳累了嗎？」我說。

吉兒打了呵欠，「或許有點累了。」

「對，我也是。泰瑞，你呢？」我打呵欠說。

他沒回答。

「泰瑞？」我放眼望去，泰瑞在打鼾。

我對吉兒說：「泰瑞睡著了。」

但吉兒沒聽見我的話，她也睡著了。

只剩下我醒著，我是唯一沒ㄕㄨ……zzzzzzzzzzzz
zzzzzzzzzzzzzzzzzzzzzzzzzzzzzzzzzzzzzzzzzzzzz
zzzzzzzzzzzzzzzzzzzzzzzzzzzzzzzzzzzzzzzzzzzzz
zzzzzzzzzzzzzzzzzzzzzzzzzzzzzzzzzzzzzzzzzzzzz
zzzzzzzzzzzzzzzzzzzzzzzzzzzzzzzzzzzzzzzzzzzzz
zzzzzzzzzzzzzzzzzzzzzzzzzzzzzzzzzzzzzzzzzzzzz
zzzzzzzzzzzzzzzzzzzzzzzzzzzzzzzzzzzzzzzzzzzzz
zzzzzzzzzzzzzzzzzzzzzzzzzzzzzzzzzzzzzzzzzzzzz
zzzzzzzzzzzzzzzzzzzzzzzzzzzzzzzzzzzzzzzzzzzzz
zzzzzzzzzzzzzzzzzzzzzzzzzzzzzzzzzzzzzzzzzzzzz
zzzzzzzzzzzzzzzzzzzzzzzzzzzzzzzzzzzzzzzzzzzzz
zzzzzzzzzzzzzzzzzzzzzzzzzzzzzzzzzzzzzzzzzzzzz
zzzzzzzzzzzzzzzzzzzzzzzzzzzzzzzzzzzzzzzzzzzzz
zzzzzzzzzzzzzzzzzzzzzzzzzzzzzzzzzzzzzzzzzzzzz

ZZ

ZZ

ZZ

ZZ

ZZ

ZZ

ZZ

ZZ

ZZ

ZZ

ZZ

ZZ

ZZ

ZZ

ZZ

ZZ

ZZ

ZZ

ZZ

ZZ

ZZ

ZZ

ZZ

第 13 章

結局

忍者蝸牛之歌

這是一群忍者蝸牛，
接受古老忍術訓練。
某日踏上史詩旅程，
準備好好一展長才。

牠們運送珍貴貨物：一本愚蠢的書，

牠們必須準時送達，

在下午五點的鐘聲響起前，

交給出版商大鼻子先生。

忍者蝸牛滑過山丘與谷地，

儘管牠們變得蒼白憔悴，

虛弱疲憊，需要休息，

仍然向前爬行。

牠們會不會平安抵達？牠們能不能平安抵達？

結果猶未可知，

牠們希望渺茫，

（命運似乎痛恨牠們！）

仍然向前爬行。

光陰荏苒，年復一年，

牠們滑過的風景都已物換星移。

種子長成大樹，森林蒼翠蓊鬱，

牠們仍然向前爬行。

冰層融化，海水上升，

低窪之地淹沒消失。

氣候暖化，新世界成形。

牠們仍然向前爬行。

牠們拚命想在五點前抵達大鼻子先生辦公室，

但時間從未前進。

牠們想結束這趟史詩任務，

牠們仍向前爬行……爬行……爬行……爬行……

爬行……爬行……爬行……爬行……

直到牠們終於看見

紅色大鼻子招牌，

旅途終於畫下句點。

牠們「迅速」爬上牆壁，

牠們抵達敞開的辦公室窗戶，

慢慢爬了進去。

牠們爬上辦公桌，留下黏黏痕跡，

再滑過辦公桌。

讓我們為英勇的忍者蝸牛喝采，

讓我們為牠們歡呼三聲，

因為牠們有志竟成，轉危為安，

（儘管這花了一百年*。）

---

* 再加十五分鐘。

…… zzzzzzzzzzzzzzzzzzzzzzzzzzzzzzzzzzzzzzzzzzzzzzzzzzzzzzz
zzzzzzzzzzzzzzzzzzzzzzzzzzzzzzzzzzzzzz 呃……等一下……這一
頁的 z 字是怎麼回事？

噢……我一定是睡著了。

我想知道現在是幾點鐘。

我看著時鐘。

等一下！這一定弄錯了！時間快了一百年又十五分
鐘！

啊！

現在我想起來了。

胡蘿蔔！

忍者蝸牛！

那本書！

泰瑞的瘋狂計畫！

「泰瑞！吉兒！快醒醒！」我說。

泰瑞坐起來，揉著眼睛。

吉兒打個呵欠，伸著懶腰。她說：「我覺得自己好像睡了一百年又十五分鐘。」

「那是因為妳真的睡了那麼久！」我說，「我們都是！」

「我想知道忍者蝸牛成功了嗎？」泰瑞說。

這時，門鈴響起。

我們下去開門。

是郵差比爾！

「嘿，你們真的放任這裡的植物隨意亂長，」比爾説，「我得清出一條小路才進得來！我是郵差，不是園丁。」

「抱歉，比爾，」我説，「我們睡過頭了。」

「我們睡了一百年又十五分鐘。」泰瑞説。

「你們兩個男孩需要鬧鐘。」比爾説。

「我討厭鬧鐘，」泰瑞説，「它會嚇到我。」

「你覺得電報怎麼樣？」比爾問。

「我愛電報！」泰瑞説。

「嗯，太好了，」比爾説，「我這裡有一份電報要給你。」

「耶！」他拿過比爾手上的電報，「這是忍者蝸牛發的！」

「上面寫了什麼？」吉兒問。

「牠們成功了！」

蝸牛啃的

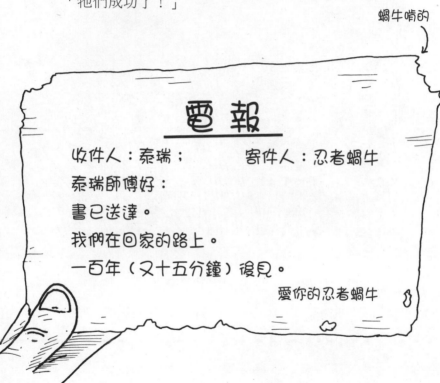

電 報

收件人：泰瑞；　　　寄件人：忍者蝸牛

泰瑞師傅好：

書已送達。

我們在回家的路上。

一百年（又十五分鐘）後見。

愛你的忍者蝸牛

「這真是好消息。」吉兒說。

「對，我就知道牠們辦得到。」泰瑞說。

「我也是，」我說，「我會想念那些小傢伙。」

「你不會想念太久的，」泰瑞說，「牠們在回家的路上了！」

「我總是樂於為人帶來好消息，但我最好繼續送信。」比爾說。他剛剛清出一條通往樹屋大門的小路，摩托車就停在小路上，現在他騎著車消失在草木蔓生的森林裡。

「我做了有史以來最棒的夢，」泰瑞說，「我夢見我們又為樹屋加蓋十三個樓層，其中一層永遠在慶生。」
　　「我也是！」我說，「我做了一模一樣的夢！」

　　「我也是，」吉兒說，「我夢到新蓋的其中一層是寵物美容沙龍，而我是負責人！」

「好奇怪，我們都做了相同的夢，」泰瑞説，「你們覺得這代表什麼嗎？」

　　「顯然的，」我説，「這表示我們應該加蓋十三個樓層，而且應該立刻動手。」

　　「別忘了寵物美容沙龍。」吉兒説。

　　「也別忘了慶生室。」泰瑞説。

「擁有寵物美容沙龍與慶生室的瘋狂樹屋六十五層即將出現！」我說。

完。

故事館 19

瘋狂樹屋 52 層：潛入蔬菜王國大冒險
小麥田 The 52-Storey Treehouse (Treehouse #4)

作　　　者　安迪・格里菲斯（Andy Griffiths）
繪　　　者　泰瑞・丹頓（Terry Denton）
譯　　　者　廖綉玉
封 面 設 計　翁秋燕
責 任 編 輯　丁　寧

國 際 版 權　吳玲緯
行　　　銷　何維民　吳宇軒　陳欣岑　林欣平
業　　　務　李再星　陳紫晴　陳美燕　葉晉源
副 總 編 輯　巫維珍
編 輯 總 監　劉麗真
總 經 理　陳逸瑛
發 行 人　涂玉雲
出　　　版　小麥田出版
　　　　　　10483 台北市中山區民生東路二段 141 號 5 樓
　　　　　　電話：(02)2500-7696
　　　　　　傳真：(02)2500-1967
發　　　行　英屬蓋曼群島商家庭傳媒股份有限公司
　　　　　　城邦分公司
　　　　　　10483 台北市中山區民生東路二段 141 號 11 樓
　　　　　　網址：http://www.cite.com.tw
　　　　　　客服專線：(02)2500-7718｜2500-7719
　　　　　　24 小時傳真專線：(02)2500-1990｜2500-1991
　　　　　　服務時間：週一至週五 09:30-12:00｜13:30-17:00
　　　　　　劃撥帳號：19863813　　戶名：書虫股份有限公司
　　　　　　讀者服務信箱：service@readingclub.com.tw
香港發行所　城邦（香港）出版集團有限公司
　　　　　　香港灣仔駱克道 193 號東超商業中心 1/F
　　　　　　電話：852-2508 6231
　　　　　　傳真：852-2578 9337
馬新發行所　城邦（馬新）出版集團 Cite (M) Sdn Bhd.
　　　　　　41-3, Jalan Radin Anum,
　　　　　　Bandar Baru Sri Petaling,
　　　　　　57000 Kuala Lumpur, Malaysia.
　　　　　　電話：+6(03) 9056 3833
　　　　　　傳真：+6(03) 9057 6622
　　　　　　讀者服務信箱：services@cite.my
麥田部落格　http:// ryefield.pixnet.net
印　　　刷　漾格科技股份有限公司
初　　　版　2016 年 1 月
初 版 九 刷　2021 年 9 月
售　　　價　320 元

國家圖書館出版品預行編目 (CIP) 資料

瘋狂樹屋 52 層：潛入蔬菜王國大冒險
/ 安迪 . 格里菲斯 (Andy Griffiths)
著；泰瑞 . 丹頓 (Terry Denton) 繪；
韓書妍譯 . -- 初版 . -- 臺北市：小麥
田出版：家庭傳媒城邦分公司發行，
2016.1
　面；　公分
譯自：: The 52-storey treehouse
ISBN 978-986-92623-0-9（平裝）

887.159　　　　104020790

城邦讀書花園
www.cite.com.tw
書店網址：www.cite.com.tw

準備好想像力，啟動好奇心，歡迎來到「瘋狂樹屋」！
最無厘頭的雙人組合，展開翻天覆地大冒險，
在這裡，所有想像都能成真！

瘋狂樹屋13層
安迪和他的祕密實驗室

瘋狂樹屋26層
海盜船與死亡迷宮

瘋狂樹屋39層
月球上的屁比頭教授

瘋狂樹屋52層
潛入蔬菜王國大冒險

瘋狂樹屋65層
驚奇時空歷險記

瘋狂樹屋78層
誰是電影大明星？

瘋狂樹屋91層
潛入海底兩萬哩

瘋狂樹屋104層
安迪的牙齒非常痛

★ 翻譯為二十五種語言版本，全世界小孩都愛瘋狂樹屋

★ 曾榮獲澳洲書業年度童書獎、ABIA 青少年讀物獎、APA 童書書本設計
獎、COOL 最佳小說獎、KOALA 最佳小說獎、KROC 青少年小說獎、
YABBA 最佳小說獎、比利時荷語兒童評審年度童書獎、西澳大利亞青
少年圖書獎等多項大獎

老師、家長、作家好評推薦

Sama　部落客

小亨利老師　小亨利木工教室

小熊媽　親職教養作家張美蘭

大沐老師　大沐的手作世界創辦人：

王文華　兒童文學作家

王　師　牽猴子整合行銷公司負責人

吳碩禹　《遜咖日記單字本》作者）

洪美鈴　心理師、《還是喜歡當媽媽》作者

笑C.C.老師　eye上大自然

張大光　故事屋創辦人

蘇明進　老ㄙㄨ老師

海狗房東　童書推廣與故事師資培訓人

張智惠　財團法人泰美教育基金會執行長、泰美親子圖書館館長

陳宛君＆閣寶Oliver　晨熹社

陳櫻慧　童書作家暨親子共讀推廣講師、思多力親子成長團隊暨網站召集人

黃哲斌　媒體工作者

黃震宇　高雄鳳翔國小老師

楊恩慈　彰化縣三民國小校長

蔡淑瑛　兒童文學學會秘書長

劉怡伶　教育部閱讀推手、臺中市SUPER教師、宜欣國小閱讀推動教師

劉佳玲　桃園莊敬國小老師

羅怡君　親職溝通作家

圓臉貓　親子生態講師

賴柏宗　臺北市仁愛國小教師

郝譽翔　作家

瘋狂樹屋 13 層：安迪和他的祕密實驗室

安迪和泰瑞打造了完美的樹屋，最神奇的是能研發出任何神祕機器的「地下實驗室」！泰瑞製造出巨型香蕉，沒想到卻是接二連三災難的開始。香蕉引來調皮搗蛋的不速之客，甚至，樹屋面臨倒塌的危險！是誰想要破壞他們的祕密基地？安迪和泰瑞能安全度過危機嗎？

瘋狂樹屋 26 層：海盜船與死亡迷宮

史上最邪惡的海盜船長「木頭木腦」復活，海盜軍團在樹屋現身了！安迪、泰瑞能和吉兒攜手擊退海盜，奪回自己的樹屋嗎？神奇的飛天貓「絲絲」願意幫忙嗎？快翻開書頁，來一趟穿梭於樹屋與海洋之間的超級大冒險！

瘋狂樹屋 39 層：月球上的屁比頭教授

顧著玩耍的安迪和泰瑞忘了寫新書，眼看著大鼻子先生又要大發雷霆，幸好，安迪發明了會自動寫書的「從前的時光機」！他們只要躺著等機器寫完書就行。沒想到機器卻獨占新書，甚至將安迪和泰瑞趕出樹屋！

瘋狂樹屋 52 層：潛入蔬菜王國大冒險

不吃青菜好困擾！討厭水果怎麼辦？生薑、大蒜、洋蔥軍團即將到來，蔬菜城堡就在不遠處，城牆還是蘆筍做的！蔬菜國民要把安迪與泰瑞煮成湯了！大朋友的苦惱、小朋友的心事，蔬菜王國，我們該拿你怎麼辦？

瘋狂樹屋 65 層：驚奇時空歷險記

安迪和泰瑞最愛的樹屋竟然是「違章建築」，拆除大隊馬上就要來拆房子了！拯救樹屋的唯一方法，就是搭乘時光機回到六年半以前，申請「建築許可證」。沒想到，不靈光的時光機帶著安迪和泰瑞來到六億五千萬年前、六千五百萬年前、六萬五千年前、六千五百年前⋯⋯

瘋狂樹屋 78 層：誰是電影大明星？

安迪跟泰瑞打算拍一部樹屋電影，「大導演先生」卻找了一隻長臂猿加入，與泰瑞一同演出。最佳拍檔的位置遭人取代，安迪氣壞了，灰心的他只好闖關重重保全，去吃他最愛的洋芋片。沒想到洋芋片只剩下一片，難道是泰瑞搞的鬼？

瘋狂樹屋 91 層：潛入海底兩萬哩

瘋狂樹屋的瘋狂指數快速飆升！安迪與泰瑞這回當起了臨時保母，為了保護小孩，他們掉進了世界上最大的漩渦，潛入海底兩萬哩，接著受困在無人島上，還掉入巨無霸蜘蛛網中。他們找算命師求助，卻想不到最大的危機一直都在身邊！

瘋狂樹屋 104 層：安迪的牙齒非常痛

世界上最痛的牙痛全面襲擊！不用怕，拔牙大隊出動啦！偏偏這時候，一百隻熊開始了史上最慘烈的麵包大戰，聖母峰上的大鳥也來亂！牙仙又遲遲不來救，安迪和泰瑞如何度過樹屋生涯最大危機？！

大家一致推薦！

天馬行空又行雲流水的圖文，是本讓孩子一起瘋狂開懷的絕妙作品！

—— 小熊媽（親職教養作家 張美蘭）

每翻一頁，就期待著泰瑞帶領我們看見不同的人生風景，即使他總是漠視手上該做的急事，總是無事生波瀾，把平靜生活搞得雞飛狗跳，總是無端冒出人生軌道外的刺激挑戰，讓身旁的人忙著滅火善後。但，沒有人能否認，正因為這樣的創新與毀滅，我們有了新的格局與眼界！

—— 溫美玉（南大附小教師）

讀者在閱讀這系列故事時，肯定邊跳邊讀、眼睛發光、快樂指數直線上升、頭腦裡沉睡許久的神經突觸瘋狂連結！幽默破表的作者想像力彷彿沒有盡頭，讀者一翻開書頁，就像搭上直通宇宙的雲霄飛車，捧腹歡笑的同時還要緊緊抓住握桿。

—— 黃筱茵 （兒童文學工作者）

本系列具有翻譯圖像小說的創新處，用自由不羈的線條表現，讓人感覺輕鬆與動態、活潑。書中作者與讀者對話、揭穿創作者心路歷程的基本架構，可以同時滿足圖像與文字閱讀慣性的孩子閱讀習慣。

—— 黃愛真（教育部閱讀推手，高雄市立一甲國中閱讀教師）

樹屋系列很適合親子共讀。可以讀給孩子聽之外，書中用字平淺、貼近生活用語，所以也可以讓孩子讀給你聽。一邊說故事，還能一邊從故事中找尋跟生活有關的元素，繼續編出屬於您跟孩子的另一個樹屋故事。

—— 吳碩禹（中原大學應用外語系助理教授 《我的遜咖日記單字本》作者）

傑夫‧金尼和戴夫‧皮爾奇的書迷會被這本系列首部曲吸引目光……闔家同樂……你知道嗎？這本書會是樹屋裡的好讀本。

—〈書單雜誌〉

喜愛傑夫‧金尼的《遜咖日記》系列和林肯‧皮爾士的《大頭尼》系列的書迷一定會被這本書迷住，孩子的爸媽也會欣賞書中一點也不冷嘲熱諷的幽默趣味。

—〈學校圖書館學報〉

長期合作的格里菲斯和丹頓在他們的新書（首版於澳洲發行）運用後設手法書寫，造就了荒唐到無法無天的最高境界。安迪和泰瑞兩個年輕哥倆好在孩童夢想的樹屋裡一起生活，不僅有保齡球球道、鯊魚水槽、擺盪的藤蔓、還有地下實驗室。

—〈出版人週刊〉

打嗝比賽、噁心生物、以及泰瑞與安迪在書中做出的荒謬決定會讓男孩子特別喜歡。光是殺手美人魚好像不夠看，還有海猴呢。有巨型大猩猩。有巨型香蕉。還有金絲貓歸來？看吧？又蠢又荒謬的好笑。孩子會愛上這本書。

—克莉絲‧紹爾兒童文學網站書評

有這對才華洋溢二人組出了名的冷面笑匠式幽默和不同凡響的插圖搭配，好笑、瘋狂、愚蠢、又亮眼，安迪和泰瑞創意無比的手法讓書迷偷瞄不失望。

—兒童書本網站書評